一緒に絶望いたしましょうか

狗飼恭子

幻冬舎文庫

一緒に絶望いたしましょうか

第九話

運命はいつも、真正面からやってくる。

らしい。

誰かが言っていた。意味はよく分からないけれど、会った瞬間すぐに分かるとかそういうことかもしれない。

わたしは運命なんか信じない。感じたとしても絶対疑う。そういう優しい世界を夢見て生きられるのは、ほんの一握りの幸福な人だけだろう。

けれど前世の存在は、信じたいと思ってしまう自分がいる。もしも前世があるのならば、来世もあるということだからだ。

来世があるなら、死んでしまった人にもう一度会えるかもしれない。

馬鹿げてることは分かっている。でもそれは、誰にとっても微かな希望だ。大切な人を一人も失わずに人生を終えることのできる人間など、いるわけがない。

人生は続く。それはもう容赦なく。だから信じがたいようなことや嘘や夢物語は、それでも生きていかなきゃならないわたしたちの、ささやかな光だ。

鞄の中には、ビザの申請書が入っている。

憧れの地への一人旅が近いから、わたしは少しうわついている。

そうだ。わたしはうわついている。だから今日はそういうのを信じてみたい気分なのかもしれない。目の前にいるこの人がいつか、わたしにとってかけがえのない人になる。なんて、そんなおとぎ話めいたことを。

きっとサインはもうずいぶん前から出ていたのだ。

奇跡は目撃者がいてはじめて奇跡と呼ばれる。誰も見ていないささやかな奇跡は、そこかしこで起こっているのだ。

たぶん。


わたしはそして口を開く。

わたしの名前を、彼に告げるために。

目次

第五話

第六話

第七話

第八話

第一話　朝食 ―― 目玉焼きとトーストとミルク入り珈琲（平凡の極みモーニングセット）――

ひとをころす夢を見た。

生まれてはじめてのことだった。

驚いて目覚めてからもしばらく動けなくて、じっと、暗闇の中で目をこらしてじっとしていた。

夢の中のわたしはころしたひとの内臓をふたかけら透明のビニール袋に入れて、右手で袋の入り口の部分を摑んで持って歩いていた。歩きながら、これをどこに隠せばいいんだろう、なんてことを考えていた。夜店ですくった金魚みたいに、ビニールの中でそれはゆらゆら揺れていた。

そういえば金魚すくいの金魚も、すくうのは楽しいけれど家に持って帰ると母親に怒られるから、どこに隠そうかといつも悩んだ。友達のうちか引き出しの中か、川に流すかあるいはトイレに。答えは出ない。見つかって怒られるだろうことを予感しながら、手の中のゆらゆらとともに憂鬱に家まで歩く。

内臓を手にしたわたしは、たしかにそんな感じだった。

その不安なゆらゆらは、布団から起きて顔を洗って朝食を取るためにダイニングの椅子に腰掛けた今も、なかなか消えてくれない。

食欲がわかず半熟目玉焼きの黄身を破壊する行為にふけっていると、ダイニングテーブルの向かいに座る彼はわたしの顔をのぞき込んで「どうしたの」と言った。彼は今日も仕立ての良いスーツを着ている。『チャイナタウン』でジャック・ニコルソンが着ていたのと同じ形、と前に言っていたけれど、なぜわざわざそんなものを選んだのかわたしには理解できない。彼はジャックとは似ても似つかない、細面の優男だ。

フォークについた黄身を飛び散らせながら夢の内容を話すと、彼は少し考えて、でも殺人の夢は吉夢だよたしか、と言った。

「吉夢？」

「縁起の良い夢ってこと。ユングの夢分析では、夢には現実を浄化させる機能があるって言われている。だからユング的に言えば、殺人は吉夢」

彼は壁際の本棚にある青い表紙の分厚い本を指さした。わたしは立ち上がり本棚まで行ってそれを手にした。夢事典、と書いてある。

「なんでこんな本があるの」

「気になって少し調べたんだ。クイズ研究会のやつらと話してたときに話題にあがって」

　大学時代にテレビのクイズ番組にサークル仲間と出演し準優勝を果たしたことが、彼の人生で一番の武勇伝なのだった。彼にとっての読書はどれだけ知識が得られるかだけが大切で、それ以外に意味はない。小説？　そんなのしょせん作家の妄想だろ？　だそうだ。ちなみに彼の高校時代のあだ名は雑学王だったらしい。

「ちょっと興味がわいて読んでみた。ただの趣味。きみが料理の本を読むのと一緒だよ」

　納得できない気分で、でもうなずく。わたしは料理の本など読まない。彼の中のわたしと現実のわたしには距離がある。

「殺人の夢、意味。過去を乗り越え、新しい大きな一歩を踏み出すきざし」

　と、わたしは青い本の中の一文を読み上げ、そこに黄色いポストイットを貼った。

「そんなものを踏み出す心当たり、まったくないけれど」

「じゃあ、まずは珈琲にミルクを入れてみるのはどうだろう」

「なんでそれが大きな一歩なの？」

「朝の胃に優しい。イコール、いらいらしなくなる。大きいよ、穏やかな人生への第一歩」

「わたし別にいらいらなんかしていない」

　そう言いながらも、わたしは珈琲にミルクを注いだ。わたしはいつだって彼の言いなりなのだ。漆黒の中に、濃い絵の具みたいにゆっくりと白が沈んでいく。

珈琲カップを手に取り一口すすった。甘い匂いが鼻をくすぐる。その甘さが朝のさわやかさと混じり合って、なんとはなしにうざったく感じる。たしかにわたしは、少しいらついているのかもしれない。

　でもどうして、ひところしの夢が吉夢なんだろう。

「夢の中で人を殺すと嫌な気持ちになるから、現実ではそんなことをしなくなるんじゃないかな。現実では得ることのできない経験値を貰えるわけだから、吉夢と言えないこともない」

　だとすると、現実のひところしはひところしの夢を見ないってことで、それはなんだかずるい気がする。わたしは、冷め切ったトーストの耳部分をちぎって皿の上に放り投げた。

「食べないの？」

「うん。いる？」

「いらない」

　トーストの耳を、もう一回り小さくちぎった。ざらざらとしたそれは指のささくれを刺激するだけで、揺れるビニール袋の感触を消し去ってはくれなかった。

　そろそろお店に行く時間だ。珈琲をぐいと飲み干して立ち上がる。

　テーブルの上のパンくずが床に落ちた。彼が吹いて落としたようだ。わたしが急に動いたせいで風が起きたのかもしれないけれど。散らばったパンくずを見て眉間に皺を寄せるわたしに、彼は気がついていない。

　パンくずは小鳥がやってきて勝手に食べてくれたりしないということを、彼は知っているだろうか。誰かが掃除機をかけない限り、パンくずは永遠に存在し続けるのだということ。

誰かが。たぶんわたしが。

「じゃあいってきます。今日、夕飯なにがいい？」

「俺はなんでもいいよ」

「あったかいものにしようか。鍋とか」

「うん」

「見送らないでいいから。じゃあまた今夜」

「うん。また今夜」

また今夜。今夜まで、わたしが生き延びていたならね。

上着を羽織りながら、お皿の中の目玉焼きを見やる。

黄身と白身。生き物の形になる一歩手前の、臓器手前の、誰か手前のままのもの。嘘みたいに鮮やかに美しい黄色と白。

わたしが仕事から帰って来ても、きっとお皿は片付いていない。朝出たときと同じ状態で、そこに残っているだろう。彼はわたしに意見するけれど、行動で示してくれることはない。お皿をシンクに運ぶ。パンくずを掃除機で吸い取る。たったそれだけのことがどうして彼にはできないんだろう。

わたしがいない間、彼は一体なにをしているのか。わたしがそれを知ることはない。わたしがなにを考えているのか、彼に知るすべがないように。

彼は雑学王なのに、わたしのことは、なにも知らない。

ひょっとしたらわたしがいない間、彼は消えてしまうのかもしれない。シュレーディンガーの猫だっけ。量子力学のパラドックス。ちょっと違う気もするけれど。

夢の中でわたしがころした人の顔は、まったく思い出せなかった。

出掛ける前に裏庭に廻り、昨晩ベランダに出した野良猫のための餌を確認する。冷やご飯に残り物をかけただけのものだけれど、すっかりなくなっていた。わたしの作るご飯は好評だ。嬉しい気分で歩きはじめる。

わたしはまだその野良猫の姿を見たことがない。でも毎日猫はわたしのご飯を食べる。姿の見えない野良猫は、わたしにとても懐いている。

昼食 ── スンドゥブ定食キムチ多め ──

鶏のお尻を大きく広げて、中に指を突っ込んで、餅米やなつめやにんにくを詰める。

鶏の体はゴムみたいに伸びる。こんなにこんなにこんなに、と思うほど、餅米がどんどん体に入っていく。

この空洞部分に、この鶏の生活を支えていたさまざまな気管や内臓や骨や血管がおさまっていたのだと思うと、なんだか不思議な気分になる。生物の神秘を感じる。

鶏の体の中をじいっと眺めていたら、後ろからわたしの名前を呼ぶ声が聞こえた。

はっとして振り向くと、店長のキムさんがすぐ後ろに立ち、わたしの手の中の鶏を見下ろしていた。キムさんはいつも、いつのまにか人の後ろに立っている。殺し屋みたいに俊敏に。見た目も少し殺し屋っぽい。いつもぼさぼさの髪と鋭い眼光と、厚すぎる胸板が、特に。こんなにエプロンが似合わない人を、わたしは他に知らない。

「まだ下ごしらえ終わらないの」

「すみません。あと少し」

「ランチタイム始まるから、それあとにして」

「はい。すみません」

「もうちょっと適当でいいよ。別にその鶏を蘇生させようっていう訳じゃないんだからさ」

「蘇生？」

「津《つ》秋《あき》ちゃんがサムゲタン作ってる姿、黒魔術っぽいよな」

キムさんはそう言ってにやりと笑うと、オープンの看板を出すために店の外へ出て行った。

黒魔術。酷い言われようだ。それに蘇生なら、魔術ではなく外科手術ではなかろうか。

わたしはもうひとつまみだけ餅米をぎゅうっと押し込み、鶏肉の足を縛り爪楊枝でとめた。本当はランチタイムの前に仕込み終えていなければいけないのだけれど、仕方がない。動作が人一倍遅いといつもキムさんに言われる。

店長である彼は木村さんという名前の日本人なのだが、この店が韓国料理バーを名乗っているからなのか、従業員には「キムさん」というあだ名で呼ばせている。わたしはこの店で一番古株のアルバイトで、開店当日から今日まで約三年の間、喪中だった期間を除いてずっとキムさんと一緒に働いている。けれどまだ、彼の望むスピードでサムゲタンを作ることができない。

サムゲタンになりかけの鶏を冷蔵庫にしまい冷水で手を洗っていたら、常連の古沢《ふるさわ》さんが、いやいやまったく冷えますなあ今日は、花冷えですなあ、などと言いながら店に入ってきた。

きっかり十一時。ランチタイム開始ちょうどだ。古沢さんは、近所の大学に通う女子大学生だ。彼女は毎日開店と同時にやってくる常連で、ときどき熟練落語家みたいな喋り方をする。

「腹が減って死にそう、なんつって」

古沢さんはそう言いながら、立ったままベージュの春物コートを脱いだ。ベージュは色味が薄すぎてもはや彼女の肌とほぼ同じ色味だった。コートの下には、太ももが丸見えの長さの、目が覚めるほどに真っ青なニットワンピースを一枚ぺらりと着ている。しかもその下に履いているくるぶし丈のブーツはオレンジ色だ。オレンジ色のブーツなんか、一体どこに売っているのだろう、古沢さんはあんまり服のセンスがない。

コートを丸めて座席の下のかごに押し込むと、古沢さんはカウンター左奥の席に座った。彼女はいつも同じところに座る。調理するキムさんが一番よく見える席だ。

水とおしぼりを運んでテーブルに置く。メニューは出さない。どうせいつも同じ、スンドゥブ定食を頼むに決まっているからだ。

そういえば、共感覚がある人は文字を読むのが苦手だからメニューを見ない、と聞いたことがある。

共感覚とは、ある刺激に対して通常の感覚だけでなくほかの感覚をも生じさせる、特殊な知覚現象のことだ。たとえば、食べたときに味覚だけでなく触覚を感じたり、音楽を聴くと色が見えたり、そういうこと。

　わたしが人生で出会ったことのある共感覚者はひとりだけ。彼女はわたしを見て言った。どうしてあなたはそんなに空洞なの？　あなたの名前、せっかく綺麗な薄黄色なのに、その空洞が真っ暗すぎて飲み込まれそうよ、と。

　あれはどういう意味だったんだろう。

　突っ立ったままぼんやり考えていると、古沢さんはおしぼりで手を拭きながらわたしの腰の辺りを眺め、おやあ？　と変な声を出した。

「ねえ、それなに？　その青いの。ガラスの」

　わたしのはいているロングスカートのポケットから、キーホルダーがはみ出していた。わたしはキーホルダーを鍵ごとテーブルの上に出して見せる。

「ナザールボンジュウっていう、トルコのお守りです。目玉の形なんだそうですよ。邪視から守ってくれるそうで」

　夏の海みたいな濃い青の平たい円形のガラス、その真ん中に白い丸、さらにその真ん中に黒い丸が描かれている。

「邪視ってなに？」

「妬みとか、そねみとか」

「そねみってなに？」

「嫉妬」

「妬みは？」

「嫉妬」

「じゃ、嫉妬からしか守ってくれていないじゃないか。目玉、つかえねえなあ」

そう言いながら、古沢さんはじいっとナザールボンジュウの目の真ん中の黒と視線を合わせ続ける。

「前から持ってた？　これ」

「はい」

「花かと思ってたよ」

「え？」

「青い花。キムさんが鞄に付けてるの見たとき」

「ああ」

「お揃いなんだね」

古沢さんは、さらにじいっとナザールボンジュウを見つめた。

いえこれは、キムさんの旅行のお土産で、店のアルバイト全員同じの貰ったんですよただ他のバイトさんみんな辞めちゃったんで結果的にお揃いみたいなふうになっちゃってるだけで、と言おうかと思ったけれど、やめた。

なんとなく、誤解されるのは気持ちがいいなあと思ったのだ。

古沢さんはおもむろに青い目玉からわたしの目玉に視線を移し、

「スンドゥブ定食。キムチ多め」

と、言った。

ランチタイムが過ぎ後片付けをすべて終えて帰り支度をしていたら、キムさんがまたいつの間にかわたしの背後に立っていた。

びくっとして飛びすさると、

「これをやろう」

と、なにやら木の根っこに似たものを一本、くいっと差し出した。

「どうしたんですか、急に」

「お前、最近暗いから。これを齧《かじ》れば誰でも元気になる」

恐る恐る見てみれば、それは細長いひからびた朝鮮人参だった。

「それ、そのまま齧るんですか」

「そうだよ。めちゃくちゃ元気になるよ。生姜の千倍くらい体ぽかぽかになるし」

「へえ」

「最近のロックシンガーはみんなこれ齧ってトリップしてる」

「本当ですか」

「本当本当。騙されたと思って持って行けよ。合法だよ」

　そうか、わたしは最近元気がないのか、と思いながら、どうぞ、と差し出されたそれを人差し指と親指でつまみ、受け取る。一瞬だけ触れたキムさんの指は不安になるほど熱くて、たぶんすでに朝鮮人参を数本齧ったあとだったのだろうと思われた。

「なんかさあ、不思議なんだよね。うちの店に食事に来る人たちって、なんで俺のこと信じられるんだろうって」

「え？」

「だって見ず知らずの俺の作るもん、なんの疑念も持たずに口にするだろ。それ、毒入ってたらお前ら死ぬよ？　って、俺、いつもこっそり思ってんの。厨房の中で」

　わたしはキムさんの顔を見上げた。口角はあがっていたけれど目は笑っていなくって、あ、この人本気でそう思ってるんだ、と思った。ひところしみたいな目。

「それ、絶対よそで言わないでください。店が潰れます」

「は？　言わねーよ当たり前だろ」

わたしの眼球はキムさんを見た。キムさんも、じいっとわたしを見ていた。

「明日も来る？　店」

「はい」

シフトを決めたのはキムさんなのに、変なことを聞く。

「分かった。じゃあまた明日」

「はい、また明日。お疲れさまです」

キムさんは口角の角度を戻しわたしを見て、すぐに背中を向けた。キムさんの背中はぐうっと広くて、わたしが今まで抱きしめたり抱きしめられたりしたすべての人のものと違う形をしていた。わたしはその背中に、もういちど、お疲れさまです、と頭を下げて店を出た。

また明日。キムさんとわたしがそれぞれ生き延びることができたなら、また明日会いましょう。


貰った朝鮮人参を齧る気になれず、かといって捨てることはさすがにはばかられ、手に持ったまましばらく道を歩いている。徒歩通勤で良かった。これをこうして手に持ったまま電車に乗って帰る勇気は、わたしにはない。それこそ黒魔術師みたいだ。

午後の太陽は暖かくまだ家へ帰るのはもったいない気がしたけれど、とくに寄りたいような場所も会いたいような人も思いつかなかった。

いつも通り国道から細い道へ入って区民公園の中を突っ切ろうとしたとき、少し離れた花壇に腰掛けている人待ち顔の古沢さんがいるのが見えた。古沢さんはわたしの姿を見つけると、手を振って立ち上がった。彼女の肌の色に近いベージュのコートにくるまれているせいで、裸の人みたいに見えた。

「おう待ってたよ津秋ちゃん。ちっと話があるんだ」

古沢さんはにこりと微笑むと、言った。人待ち顔の理由はわたしだったらしい。わたしは彼女に気づかれぬよう、朝鮮人参をポケットにねじ込んだ。

「お店にずっといましたよ」

「お店に二回も行くのは恥ずかしいじゃあないの」

そんなの誰もなんとも思いませんよ、と言おうかと思ったけれど、彼女は誰かになにかを思われたいし思って貰えると考えているのだな、とまた意地悪なことを考えてしまった。

わたしはいたって優しい人間だと思うけれど、こと古沢さんのことになると、どうしてか底意地が悪くなる。たぶん、古沢さんの感情が分かりやすいからだと思う。自分の感情さえ見失うことが多いのに、古沢さんの考えていることは手に取るように分かる。子供のよう、を通り越し、昔の漫画の登場人物のようだ、と思う。嬉しいと顔の周りに花が咲き、落ち込むと顔に斜線が入る、そんな感じ。

「一緒に良いかね」

わたしが返事をする前に、古沢さんはわたしの隣を歩きはじめた。

春をはじめつつある午後の公園は、のんびりと温《ぬる》く穏やかでゆるやかで、子供連れの母親や、犬を連れた老人たちを何人も見かけた。子供を連れているのは皆若い女で、犬を連れているのは年老いた男ばかりだったのが、なんとはなしに不思議だった。

話というのはやっぱり、キムさんのことだろうか。

古沢さんがキムさんのことを好きなのは明白で、それはキムさんだって気づいている。好意に気づいて貰えているのに相手が動かない理由は、推して知るべし、である。

「ねえ、夕ご飯でも食べようか」

古沢さんが不意に言った。腕時計を見る。まだ五時前だ。しかもわたしは三時過ぎにまかないを食べたばかりだった。

「あ、まだ津秋ちゃんお腹空かないか。うち、大家族だから子供の頃から夕ご飯早かったんだよね」

「大家族なんですか」

「そう。五人きょうだいなんだ」

「へえ」

「あ、わたし合わせてね。兄姉わたし弟妹。全部いるのだよ。すごいだろう」

「すごいですね」

「一番上のお兄ちゃんが中卒で働いてくれて、わたしのこと大学に入れてくれた。今は、自分のバイト代でちゃんと学費払ってるけどね。津秋ちゃん、一人っ子？」

「はい」

「ぽいよね」

　ぽいですか、とわたしはつぶやいて足元の小石を蹴った。それはわたしが苦労をしていないっぽい、という意味だろうか。そういう意味なんだろうな、と思った。小石は少しだけ転がってすぐに止まった。

「ねえ、キムさんの奥さんて会ったことある？」

「ああ、はい」

「どんな人？　何してる人？　美人？」

　美醜の判断基準は、人によって大きく違う。わたしは少し考えて、

「普通です」

と答えた。

「普通ってなにさ。有名人にたとえると誰？」

「……。リル・リンドフォッシュ」

「誰それ」

「歌手。フィンランドかスウェーデンの」

「知らないよそんな人の顔」

わたしも知らない。適当に言っただけだ。

「津秋ちゃんは恋人いるの。好きな人とか」

立ち止まり、考える。

「好きな人、と、恋人、は同じ人をさしますか」

「普通そうでしょう。好きじゃない人と付き合う意味ってないじゃん」

普通ってなにさ、と、今度はわたしが言いそうになった。

「結婚の約束をした人なら」

「え、すごいじゃん。津秋ちゃん何歳だっけ」

「三十三」

「あ、結構いい歳なんだな」

古沢さんはそう言って、なんだか少し勝ち誇ったように笑った。若い女はすべての自分より年上の女を見下すものだから、それは仕方のないことだった。

現在現役大学生である古沢さんは浪人留年を繰り返していない限り二十歳そこそこなはずで、わたしと一回り離れていることになる。少し驚く。古沢さんの若さにではなく、自分がそんなに長く生きていることに。

「いいねえ、結婚。幸せだねえ」

古沢さんがうっとりとつぶやく。

結婚イコール幸せ、で、恋人イコール好きな人、だなんて。古沢さんは純粋培養少女的若造の思考回路をしているようだ。しかも時代錯誤的な。わたしには若さはないけれど、少しだけ思考能力がある。

「好きな人のお世話するの、羨ましいなあ」

「羨ましい？　料理や皿洗いや洗濯が？　パンくずを拾うのも？」

「津秋ちゃん、今だって皿洗いしてるしサムゲタンも作ってるじゃん。知らない人のご飯じゃなくて、大切な人のご飯作りたいでしょう。どうせなら」

でも、とわたしはまだ言い淀む。古沢さんは、きっとまたわたしを「ぽい」と思っただろう。でも、違うのだ。家事がしたくないとか、そういうのではないのだ。

誰か、決まった人のために ご飯を作り続けるということ。

それは人間の体を作るということだ。その人の内臓や血液や爪や髪の毛を、精神状態を、健康を、命の長さを作るということなのだ。もしもその人が死んだなら、わたしの作った食べ物のせいかもしれない。もしもその人が死んだなら、同じものを食べていたわたしの一部が死んだのと同じことだ。

結婚するということは、相手のこれから先の人生の面倒を見ると約束しあうことだ。誰かの人生を担うということ。そこまで他者の人生に関与してもいいものなのか、自信がない。いつか自信が出るものなのかも分からない。

「ねえ、そういえばあれ、気持ち悪くないの？」

古沢さんは、突然話を変えた。なんのことやら分からなくて、古沢さんの顔を見やる。

「サムゲタンの下ごしらえ。津秋ちゃんいつも素手でやってるでしょう。なんで手袋しないの」

「あ、ちゃんと手を消毒してから作業しているので汚くないです」

「そうじゃなくて。内臓に素手で触るって、怖くない？」

「内臓は、全部キムさんが先に出しておいてくれるから」

「そうなの？」

「はい。キムさんも手袋してません」

「キムさんが、素手で、内臓に触るの？」

「はい」

キムさんが、素手で、内臓に。と、古沢さんはもう一度口の中で繰り返した。

「それはなんていうか、エロいね」

「そうですか？」

「そうです」

古沢さんは、はあ、とため息をついてから、

「いいなあ。わたしもキムさんに内臓触られたいなあ」

と言った。

確かにその言い方はエロいな、とわたしは思った。

古沢さんの「話」がなんだったのかは、結局分からなかった。

夕食 ＝ 絹ごしの湯豆腐（ひとり） ＝

朝鮮人参を手にしたままスーパーのレジの前に立ったら、レジ打ちのパートさんに変な顔

をされた。わたしがごぼうの根っこの部分か何かを万引きしたように見えたのだろうか。これは朝鮮人参です、と答える準備をしていたけれど、なにも聞かれなかった。

エコバッグに食材を移し入れる。白菜、大根、昆布、鰹節、それから絹ごし豆腐。本当はわたしは木綿豆腐のほうが好きなのだけれど、彼は絹ごし派なのでいつもそっちを買う。

今日の夕ご飯は湯豆腐だ。鍋の中にこっそり、朝鮮人参を入れてみるのもいいかもしれないな、とふと思う。日常からトリップするのだ。最近のロックスターみたいに。

彼は、家にいるだろうか。

スーパーから家まで歩きながら、ポケットから出した携帯電話を確認する。ラインは来ていない。それどころかずいぶん前に送ったわたしのラインに、既読マークすらついていない。ため息をつきつつ携帯をポケットに突っ込む。ナザールボンジュウが家の鍵に当たってかちりと音を立てた。

わたしは荷物を持つ手を右から左に変えて、自分の手のひらを眺めた。食材をたくさん買い込んだせいで、袋の持ち手が食い込んだ跡が赤く残っていた。

彼はわたしにラインをくれない。ラインを読んでさえくれない。家に帰ればどうせ会えるんだから、連絡とりあう必要なんかないだろ？　そんなに急ぎの用事ってある？　彼はどうせそう言うだろう。

恋人同士のときには当たり前だった柔らかな気遣いが、家族になろうと決めた途端に消えてなくなってしまうのは、なぜなのだろうか。

彼はわたしをそんなに好きではないのだろう、と思う。そうじゃなきゃ、わたしをこんな気分にさせるわけがない。

わたしも彼を、そんなに好きではないのだろう。

少なくとも、彼に実際に内臓を触られることよりも、キムさんに内臓を触られることを考えるほうが、よりエロティックに体の奥が刺激される。

彼を嫌いになれたらいいのに、と思う。

当たり前みたいに一緒にいないで。一緒にいることを惰性で続けないで。わたしはひとりでもちゃんと生きていける。あなたがいなくても生きていける。そう言ってやりたいのに、それが嘘だということをわたし自身が一番よく知っている。

こんなときいつも、何かが起こればいいのにと思う。テロとか天災とか未確認飛行物体の襲来とかそういう、そういうこと。

願っているわけじゃない。平和のほうがいいに決まっている。でも少しだけ、なにかの火花を求めてしまう。わたしの人生は、もう少しドラマティックにきらびやかになったっていいのにって思う。穏やかな人生への第一歩は、ユング的には吉夢でも、わたし的には悪夢だ。

平穏な日々の中で、あなたに会えなくなることは想像できない。でも非日常の中でなら、二人がはなればなれになっても仕方がないと思うことができる。

だからわたしは待っている。

この世界にふりそそぐ恐るべき不幸を。

わたしは夢の中で、誰をころしているのだろう。

夢の中のわたしの目は、キムさんの目に似ているだろうか。

炊きたてのご飯に今朝の残りの目玉焼きをのっけて、そうっとベランダの隅に置いた。

「夕ご飯だよ」

野良猫の姿は見えない。でもきっと、わたしの声を聞いている。耳をそばだて、とても近くに潜んでいる。その証拠に、どこからか獣のにおいがする。甲高い鳴き声もかすかに聞こえる。

ここから少し離れたところに、高層マンションが見える。明かりのついている窓とついていない窓。あの窓の一つ一つに人間がいて、それぞれが、誰かが作ったご飯を食べるのだと思うと不思議だ。想像すると、背中がぞわぞわする。

みんな誰かの料理を食べる。

野良猫は、わたしの作ったご飯を食べる。

わたしと古沢さんは、キムさんの作ったご飯を食べる。古沢さんはスンドゥブ定食を。わたしはいろいろなまかないを。

どうも生き物は、自分にご飯を作ってくれる人のことを好きになってしまうきらいがあるね、とわたしは思った。

第二話　昼食　＝今出川通り進々堂の六枚切り食パン＝

ひとにころされる夢を見た。

驚いて「ひゃあ」などと変な声が出て、それで目が覚めた。自分の声で起きるなんて、世界で一番間抜けな目覚め方だ。でも慌てはしない。僕は自分の間抜けさには慣れている。

心臓に手をやる。ナイフでえぐられたはずの心臓は、普段よりも速いテンポでリズムを刻んでいた。大丈夫、まだ生きているみたいだ。夢の中のナイフは古くて少しさびていて、どうせならもっと綺麗なものでころされたかった、と思う。

時計を見る。まだ十二時前だった。

ベッドに入ったのは朝の八時過ぎだったから、目覚ましが鳴るのは随分先の予定だ。でももう睡魔はどこか遠くへ去ってしまった。睡魔って妖怪の名前みたいだ、そう思って調べてみたら、本当に妖怪の名前だった。睡魔、別名サンドマン。アンデルセンの童話に出てくるらしい。眠らない子供の目に砂をかけて目をつむらせるという。酷いやつだ。

ベッドから出てその辺にあった服に着替え、洗面所に行き顔を洗う。歯ブラシをくわえてリビングへ入る。すでにカーテンは開けられていて、春のはじめの柔らかな日差しが部屋に差し込んでいる。

その日差しの真ん中に、恵梨香《えりか》さんはいた。

ソファの上で膝を抱えて座る彼女の軽くウェーブした髪に、きらきらとした日の光が当たっている。彼女の齧る食パンすらもきらきらしているように見えてくる。

「おはよう。正臣《まさおみ》くんも何か食べる？」

恵梨香さんは口をもごもごとさせながら言った。黒いシンプルなワンピースは少しサイズが小さいようで、彼女のふくよかな体のラインを余計に際立たせている。赤く彩られた分厚い唇には、パンくずが一つ二つついていて愛らしい。

「パン、生で食べてはるんですか」

僕が言うと、恵梨香さんは首を傾げた。

「生？　パンは火を通さなきゃ作れないから、生のパンは存在しないんじゃない？」

「じゃあ、焼いてないパン」

「焼いてあるでしょう、パンは」

「ほんならなんて言えばええんですか、そういう状態のパンのこと」

恵梨香さんの手にしているパンを指さしながら僕が言うと、恵梨香さんは数秒天井を見上げ考えた。僕は歯ブラシで前歯をこすりながらその顔にしばし見惚れる。恵梨香さんの柔らかなあごのラインは、今日も変わらず美しい。

　そして彼女の一番の魅力は、その声だ。高すぎもせず低すぎもしない、ちょうどいい音階。ちょっと鼻声。柔らかくかかるビブラート。倍音というのだったっけ。聞く人の心を、少なくとも僕の心を一瞬でとろけさせてしまう声だ。

「こういうのはどう？　『パン屋で焼かれたのち冷まされたパン』」

「工場生産のパンも多いですよ」

「訂正。『パン屋あるいは工場で焼かれたのち冷まされたパン』」

「じゃあ僕もその状態のパンを食べます」

　恵梨香さんは座ったままパンの袋を手に取り、僕のほうへ差し出しながらさらに言った。

「あるいは逆説的に、『トーストされていないパン』でもいいかもしれない」

　逆説的にね。僕はうなずいてパンの袋を受け取る。進々堂《しんしんどう》で買ってきた六枚切り食パンはすでに二枚しかなくなっていた。

　進々堂は京都大学の近くにあるパン屋で、一九三〇年創業の店である。といっても、京都では創業百年程度の店など老舗とは呼ばない。三代目なんて新参者扱いで、五代目でようやくきちんとした家系とみなされるらしい。僕なんか出身が京都じゃないから、いつまでたってもよそ者だ。もう七年も京都に住んでいるというのに。口から出る言葉だってほぼ京都弁になっているのに。

洗面所でうがいをしてもう一度台所に戻り、ハリー・ポッター的に言えば『生と呼んではいけないパン』を食べるために冷蔵庫から牛乳を出す。府外の人は信じられないと思うけれど、京都市はパンの消費量が日本一の都市なのだ。僕も最初は驚いた。京都人は常に和食を食べていると思っていたから。ついでにいえば、京都にはラーメン屋もすごく多い。たぶんうどん屋より多い。

「牛乳飲みますか？」

食器棚からガラスのグラスを出しながらそう尋ねると、恵梨香さんは首を横に振った。

「口の中ぱさぱさにしていたいの」

「なんでですか」

「幸福が怖いのよ。こうやって少し不幸でいないと、いつか大きな不幸に襲われそうで恐ろしくなる」

どうしてだか、彼女は少しうっとりしたような顔でそう言った。

ほら、地震も小さな揺れを起こして大きな揺れを防ぐっていうでしょう、Ｓ波とＰ波って習わなかった？

僕は、そうですか、と聞き流しながら自分の分だけ牛乳をグラスにそそいだ。Ｓ波を起こしてもＰ波は防げないけれど、指摘するのは控える。恵梨香さんは少し面倒くさい人なのだ。

彼女に初めて会ったのは、僕が大学へ通うために京都に住み始めて二年たった頃だ。ちょうど二十歳だった。

先輩に飲まされて祇《ぎ》園《おん》の辺りでべろべろに酔いつぶれていた僕を介抱してくれたのが、京都に一人旅に来ていた恵梨香さんだった。あろうことか彼女は酔っぱらった僕をおぶって、僕のアパートまで運んでくれたらしい。らしい、というのは僕がそのことをまったく覚えていないからだ。次の日、リビングのソファで眠っている美女を発見してどれほど驚いたことか。彼女曰く、

「正臣くんを運んだら疲れちゃって、ホテル帰るの面倒くさくなっちゃって」

そのままそこで寝ていたというのだった。

「住所は、なんで知ってるんですか」

「どこに帰るのかって聞いたら、グーグルマップ開いて自分の住所打ち込んでくれたよ。それも覚えてないの？」

わたしが悪者だったらこの家の家財道具根こそぎさらわれていたよ、危なかったね。恵梨香さんはそう言って笑った。

この小柄な女性が僕をおんぶして運べるのか、と一瞬いぶかしんだけれど、確かに僕は男

性にしてはずいぶんと軽いし、僕より恵梨香さんのほうが二の腕が太い。

それ以来、彼女はときどき僕の家に泊まりに来るようになった。月に二回来ることもあるし、半年間来なかったこともあった。でもこの五年間、平均すれば二か月に一回くらいの割合で、彼女は僕の家に突然にやってきた。そして「ホテル代がもったいないから泊めて」と言って、ソファで眠った。

僕に恋人がいたこともあったけれど、彼女たちはみんな「正臣の家に突然に泊まりに来る年増女（元カノ命名）」こと恵梨香さんの存在を知ると怒った。そして彼女を嫌い、僕を「だらしのない人だ」と言って振った。僕はそんなとき少しだけ恵梨香さんを恨んだけれど、でもしょうがないなとも思った。正直なところ僕は、恵梨香さんに滅茶苦茶に惚れていたからだ。


はじめて会ったとき、恵梨香さんは言った。

「わたしねちょっと不思議な力があって、あ、力とか言うと誤解されがちだけれど別にサイコキネシスとか心が読めるとかそういう超能力みたいなものでもなくて、なんていうのかな、見えるの。幽霊じゃないよ。なんか、その人を包む色が。オーラ？　それはよく分からない。文字みたいなものがぽんって浮かんで見えることがあるのよその人の横に。親友。とか、恩人。とか、乳母。とか、後妻。とか。確認はしていないけれど、それはたぶんその人の前世を示す文字なの。で、ああ、そうかあって思うの。それだけなんだけどね」

もちろん眉唾物だし前世が見えるって普通画像が浮かんだりするんじゃないのかよ文字が浮かぶってなんか変とかいろいろいろいろ思ったけれど、僕は「へえ」と一言だけの相槌を打った。仕方がない。惚れた女を否定するのは難しいのだ。補足すると、恵梨香さんと前世で関係のなかった人と会った場合は、特に何も見えないのだそうだ。だから街を歩いていて文字が見えすぎて困るということもないらしい。

「それで、正臣くんに初めて会ったときにもそういう文字みたいなのが見えてね、ああ、この人は信頼できるって思ったの。だから助けなきゃと思ったし、そのまま正臣くんちに泊まっちゃった」

いくらわたしだって、だれかれ構わず初対面の男の家に泊まってるわけじゃないからね、真っ赤な口紅を塗った形の良い唇で、恵梨香さんはそう言って笑ったのだった。

「なんて文字が見えたんですか、僕の横には」

僕が尋ねると、恵梨香さんは、

「『恋人』」

となんのためらいもなく言って、大きな口を開いてにっかりと笑った。白い綺麗な歯と、銀色の奥歯が見えた。恵梨香さんには昔虫歯があったのだな、と思う。銀歯さえも美しく見えて、僕も笑った。

僕と恵梨香さんは前世の恋人たちだった。

僕はそれを、なんとなく信じている。

夕食 ＝ イノダコーヒ本店のトーストセット ＝

どこかでお茶でもしましょうか、という恵梨香さんに付き合って、街中に出た。

京都において、お茶でもする、の場合大抵はお抹茶をたてることを意味するのだけれど、恵梨香さんが所望するのは珈琲だ。恵梨香さんはもう何度も京都へ訪れているのに、金閣寺も銀閣寺も錦市場《にしきいちば》にすら行ったことがないらしい。

恵梨香さんは何をしに京都まで来はるんですか、それは何度も尋ねた。けれど、いつもなんとなくお茶を濁される。

京都にいるのはいつも一晩か二晩だけだから、遊びではなく仕事なのかもしれない。昔、なんの仕事をしているのかと尋ねたら「都内で飲食店をやっている」と言っていたから、なにか、京都でしか売っていないものを仕入れに来ているのかもしれない。京都でしか売っていないものなんか、一つも思いつかないけれど。いまどき、携帯とＷｉ－Ｆｉとクレジットカードがあればどこでだってなんだって買える。

地下鉄烏丸《からすま》線で烏丸御《お》池《いけ》まで行き、三条通り近くのイノダコーヒ本店へ行った。コーヒーではなく、コーヒ。なぜ音を伸ばさないのかというと、昔は漢字の珈琲を「こおひ」と読んだかららしい。でもならばイノダコオヒにすべきではないのかと思うけれど、僕が口をはさむ問題ではないだろう。創業は一九四〇年。老舗と呼ぶにはまだ早いが、人気店で、行列ができていることも多い。

今日はピークの時間を少しずれていたので、待たされずに窓際の二人席に座れた。桃色のギンガムチェックのテーブルクロスは古いけれど綺麗に拭き掃除されていて、清潔感がある。僕たちが座ってすぐに店は満席になったようで、ウェイトレスが新しく来たお客さんを断っているさまが見えた。

「ほんと、京都も人が多くなったよねえ。特に観光客。昔はこんなじゃなかったけれど」

恵梨香さんは「アラビアの真珠」という名のついた、ミルクと砂糖入りホットコーヒーを口に運びつつ、言う。僕はなるべく昼間はカフェインをとらないようにしているので、オレンジジュースだ。

「『世界の観光してみたい都市ランキング』、アムステルダムを抜いて一位になったそうですよ、京都。同僚が言ってました。何調べかは知らんけど」

「へえ、京都なんか別に面白くもないのにね」

じゃあなんで何年も通って来ているんだろう、と思いつつも、口には出さない。

「歴史がありますし、他の国とは文化が違いますから、そういうところが魅力なんとちゃいますか」

僕が言うと、恵梨香さんはふんっと鼻で笑った。

「歴史なんかすべての国にあるよ。古きゃいいんだったら、中国とかエジプトとかギリシャとかに行けばいいじゃない。文化なんてどの国も違うの当たり前だし。京都なんか寺しかないし。ピラミッドとか万里の長城とかのほうがよっぽど見ごたえあるでしょう。大っきいし」

それ、生粋の京都人に言ったら怒られますよ、と思いながらストローでジュースをすする。まあ確かに、寺よりもピラミッドのほうが大きいけれど。

そういえば、プラスティックストローは環境破壊につながるからという理由で滅亡の危機を迎えているらしい。そうかこれも百年後には失われた遺産になるのか、と少し神妙な気分になる。

「恵梨香さんも東京で飲食店やってはるんですよね。こんな感じのお店ですか？」

「ぜんぜん違う。テーブルクロスもないし。韓国料理を食べながらお酒を飲むお店。ランチもやってるけどね」

その店に行けば恵梨香さんの手料理が食べられたりするのだろうか、と一瞬考えて、いや、きっと調理師の人がいるのだろうと思いなおす。パンすら焼かない恵梨香さんが料理好きとは思えない。

そういえば僕が東京にはじめて行ったのは、小学校の修学旅行だった。東京ディズニーランドは東京じゃなく千葉だけれど、僕にとってはあそこは東京の象徴みたいな場所だった。煩《うるさ》くてきらびやかで、綺麗すぎて嘘臭くて、目が回りそうで。

「わたし、夕ご飯ここで食べちゃおう。正臣くんも何か食べる？」

僕はいいです、と断ると、恵梨香さんは赤いベストに黒い蝶ネクタイをした年配のウェイトレスを呼び、メニューも見ずにトーストセットを追加注文した。さっき食パンを食べたばかりなのにまたパンを食べるのか、と心の中で突っ込みを入れる。

「今回はいつまでこっちにいはるんですか」

「明日の朝」

「何時頃発つんですか」

「決めてないけど。まだ新幹線とってないし」

僕が仕事から帰っても、まだ恵梨香さんは家にいるかもしれない。そう思ったら少し嬉しくなる。恵梨香さんは僕をただの「前世の恋人」だと思っているだろうけれど、僕はできることなら今世だってできる限り一緒にいたい。

告白しようと思ったことはある。

ソファに眠っている恵梨香さんに触りたい衝動に捕らえられて悶絶することなんかしょっちゅうだ。でも、どうしてか触れない。たぶん同僚の佑太《ゆうた》郎《ろう》なら、「がばっていったらええねん、がばって。恋愛は狩猟や。心なんてもんは、体の関係があればあとからついてくんねん」と倫理的にアウトなことを言うだろう。

心を無視するなんて僕にはできない。ただこうして、午後の柔らかな太陽光の中できらきらと光る恵梨香さんの髪やとがった爪や手首のカーブや丸みを帯びたあごのラインを、この距離で眺めていたい。それで充分だ。

恵梨香さんがふっと視線を僕に向けた。もの言いたげに開かれる色っぽい唇にどきりとする。しかし彼女の口から出てきた言葉は、色気も何もないものだった。

「思いついた。ただ『パン』て呼べばいいんじゃない？　トーストしてないパンのことは」

そうですね、僕はうなずいてオレンジジュースをする。プラスティックストローと僕の恋は、どちらの滅亡が早いだろうか、と少しだけ考える。

僕たちはまだ一度も、体の関係を持ったことがない。でも心の関係なら、少しはある。たぶん。

朝食　＝　京都四条大宮まるき製パン所のコッペパン　＝

玄関の引き戸を開け中に入る。古い木材を組み合わせて作った少しいびつな形のフロントカウンターの中には、退屈そうな表情を浮かべた佑太郎がいる。彼は僕の姿を見留めると、おう、と片手を上げる。

「なんや、早いな」

うん、とうなずいて出勤表にチェックを入れる。壁に掛けられた振り子時計はまだ六時二十五分をさしていた。

本当は夜七時からのシフトなのだけれど、恵梨香さんは、用事があるからと言ってトーストを食べ終えるとさっさとどこかへ行ってしまった。シフト一時間前に京都の町に一人で放り出された僕は途方に暮れた。ガケ書房か恵文社《けいぶんしゃ》か世界文庫にでも行って時間をつぶそうかと思ったけれど（どれも京都市内の本屋だ）、面倒くさくてそのままここに来てしまった。その名も「京都簡易宿・門前雀羅」。きょうとかんいやど・もんぜんじゃくらと読む。僕の勤務先だ。

宿泊用の部屋はわずか三つ。男部屋と女部屋と男女混合部屋。そこに、布団を敷いて雑魚寝する。相部屋制の、いわばドミトリーだ。ちなみにドミトリーの語源は「ｄｏｒｍ（眠る）ｔｅｒｒｉｔｏｒｙ（場所）」らしい。出典は不明。

佑太郎は宿泊者名簿をぱらりとめくり、

「今日はお客さんは十三人。混合部屋にカップル二組入れて、男部屋三で女部屋に六」

と言った。

最大収容人数十八人で、だいたいいつも四分の三は埋まっている。常に稼働率が七十五パーセント近いだなんて、大変優秀な宿である。観光客様々、円安様々だ。とは言ってもここは一泊三千八百円の激安宿だから、儲けはそんなにない。

「英語が通じひん一人客がいはるから、気にしてあげてな」

「どこの国から来はったん？」

「ロシア」

「なんでわざわざロシアから来はるんやろ。近くにクレムリンとか血の上の救世主教会とかすっごいもんがあるのに。京都なんか寺しかないやんな」

「お前、そういうこと言うとほんま怒るで？　京都にはな、歴史があんねん」

「ロシアにもあるけどな、歴史」

僕が言うと、佑太郎は手でグーを作って僕を殴る真似をした。

代々ずっと京都生まれ京都育ちの佑太郎は、京都の町に高い高い誇りを持っている。ちょっとでも京都をけなすとすぐに怒る。彼の生家は山科《やましな》区のあたりで、京都中心部とは山で隔てられている。だから御《ご》所《しょ》周辺に住む京都人には、「山科なんか京都ちゃう、滋賀県や」なんて揶揄されてしまうそうだ。だからこそ余計に、京都的であること、にこだわりを持ちたいのかもしれない。ちなみに京都人が京都と認めているのは、上京《かみぎょう》区、中京《なかぎょう》区、下京《しもぎょう》区、東《ひがし》山《やま》区、左京《さきょう》区辺りまでで、それ以外は「それ以外」らしい。門前雀羅は下京区にあるので、胸を張って京都簡易宿と名乗っている。

京都は観光都市だ。毎日毎日大量の観光客が、国内国外問わずやってくる。佑太郎はそれにいち早く目を付けた。大学在学中に京都の古い町家を一軒購入し、この宿を作った。当時の京都の宿泊施設は高級ホテルばかりだったから、素人経営でも安宿は歓迎された。バックパッカーたちの間で話題になり、門前雀羅はあっという間に人気宿になった。風呂なしトイレ共同朝食なし、でも値段が安くて従業員はそこそこ英語ができて融通が利く。それだけで、口コミサイトに高得点をつけてくれる人は結構いるのだ。外国版『地球の歩き方』である『ロンリープラネット』に二年間ほど掲載されたこともあって、開宿当時から客にはそんなに困っていない。日本人のお客さんはあんまりいないけれど。

外国のお客さんには、畳に布団を敷くオールドジャパニーズスタイルが大変にうけた。京都には実は銭湯がたくさんあるので、銭湯体験してみたいというお客さんのために各国の言葉とイラストで入り方を描いたプリントを配り、たまに銭湯入浴講座を開いたりもする。そんなフレンドリーなサービスも好評だった。

僕は佑太郎の大学時代の同級生であり、門前雀羅の共同経営者であり、夜勤のフロント担当だ。「共同」なのに僕ばっかり夜勤なのは不公平じゃないか、と訴えたことはある。しかし佑太郎曰く、

「あんな。普通、客っていうのは昼間に来るもんやねん。内装業者も搬入業者も作業するんは昼間や。いろんな旅行会社の担当も雑誌なんかの取材もやな。だから昼間のほうが圧倒的に仕事が多い。俺のほうがお前よりもいっぱい働いてんねん。感謝こそされても文句言われる筋合いはないやろ。それにな、この宿の売りは京都的であること、でもある。せやのに、京都出身と違うお前がこの宿の顔になってどないすんねん」

反論の余地は一平方ミリメートルほどもなかった。佑太郎は本当に口がうまい。

確かにこの宿の成功の一因には、たくさんの媒体に取り上げられる佑太郎のキャラクターもある。佑太郎はもともと老舗漬物屋の四男坊で、身長が百八十センチ近くあり、話がうま

くて顔だちも整っている。マスコミ受け抜群だ。

正直に言えば、この宿を始めるための資金はすべて佑太郎の実家からの援助によるものなので、僕に大きなことを言う資格はない。さらに言えば佑太郎に共同経営者が必要だったのかと言えばそんなことはなく、ただ単純に僕が韓国語とフランス語を少し話せたこと（韓国のホラー映画『箪笥《たんす》』とフランソワ・オゾンの仏映画『まぼろし』が好きすぎて、字幕なしで見るために勉強した。同時期に始めたから、韓国語とフランス語が若干混ざってしまっているけれど）、佑太郎のやり方に文句を言いそうにない温和な性格をしていたこと、そしてどうにも就職活動をしそうもないから不憫《ふびん》に思って、声をかけてくれただけなのだろう。実際、特に観光業に深い興味はないし、就職活動については準備段階で心折れていた。

佑太郎は手早く帰り支度を終えると、

「じゃ、俺行くわ」

と言った。

「うん」

「そういえばお前、最近撮ってる？」

唐突な質問に、僕はただ肩をすくめる。僕が映画監督を目指していたことなんかもう、佑太郎以外誰も覚えていない。僕も忘れかけていた。何も答えずにいると、

「また明日な」

と言って佑太郎は帰って行った。彼のシフトはあと十五分残っている。佑太郎の思惑通り、僕は文句の一つも言わなかった。フロントの脇息付きの椅子に座り、ふう、と息をつく。なんだかんだ、この場所は落ち着く。

もう少ししたら観光を終えた宿泊客が戻ってくる。そうしたら、食事の場所か銭湯の場所の地図を渡して、飲みに行きたいという人には安全かつそんなに高くない京都的な飲み屋を教えて。酔っぱらって騒ぐ人には静かにするよう注意して。夜のうちにフロント回りとお手洗いを掃除して。予約の電話が来たら対応して。僕の仕事はそれくらいだ。仕事のない時間は、うたた寝したり本を読んだりパソコンで映画を観たりする。

鞄の中には、いつも一冊のノートが入っている。もうずいぶん長いこと開かれてさえいない。ただ惰性で放り込まれているだけだ。

僕が映画を撮ったのはほんの数本だけ。それも大学時代のことだ。

有名なフィルムフェスティバルで賞を取ったこともあるけれど、「かつて賞を取ったことのある映画監督志望だった若者」など、石を投げれば当たるくらい存在する。作品を恵梨香さんに観て貰ったら、開始五分で寝た。全編で二百四十六分あったのだけれど。

大学三年生のとき、東北のある地方都市を舞台にした映画を撮らないかと声をかけられた。

予算がとても少なかったから、学生の僕に白羽の矢が立ったのだろう。監督デビューできるなら、お金なんかどうでもよかった。僕は喜んで脚本を書いた。でも、プロデューサーは首を縦に振らなかった。書き直した。また駄目だった。また書き直した。また駄目だった。それを三十数回繰り返した。ようやくできあがった準備稿には、僕が撮りたかったことは一文字も残っていなかった。それでも映画が撮れるならいい、そう思ったし、その頃にはなにが撮りたいのかもよく分からなくなっていた。けれどそのあと、主演オファーした俳優からさらなる脚本の書き直しを求められ、それで、僕は壊れた。打ち合わせに行く時間に、体が震えて家を出られなくなった。プロデューサーからは何度も電話が来たけれど、一度も出なかった。二週間後に降板の申し入れをした。メールで。プロデューサーからは、二度と商業映画が撮れると思うな、という返事が来た。そりゃあそうだろうと思った。その企画がその後どうなったのかは、知らない。その地方都市には、それ以来一度も足を踏み入れていない。

でも僕が映画を撮らなくなったのは、その一件のせいではない。監督の降板も企画が流れるのもよくあることだ。商業映画にこだわる必要もない。何十年も自主映画を撮り続けている監督たちの名なら、すぐに百は思いつく。

僕が映画を撮るのをやめた理由。

それはもちろん、才能がなかったからだ。そして、物を生みだすというとてつもない苦しみに負けたから。アイディアが浮かんでも育てられなくなり、そしてついになにも浮かばなくなった。もうなにも孕めない。だから僕は、作り手ではなく一映画ファンとして、この後の生を過ごす。焦燥の時代はもうとっくに過ぎ去った。何者でもない自分を、僕はすでに諦めている。僕には才能もないし、愛してくれる人もいないし、ついでにいえば背も低い。でもそんな人間はこの世界にありふれている。僕の悲しみは絶望には値しない。

一人で過ごすのは得意中の得意だから、退屈や孤独や寂しさみたいなものは感じない。霊感もないので、真夜中に一人でも怖くない。お給料は多くはないけれど、贅沢しなければやっていける。服にも車にも時計にもゲームにすら興味がないから、お金を使うのは家賃と食費と携帯代と、ときどき観に行く映画くらいだ。底辺を生きる若者？　メディアはそんなふうに僕らをあおるけれど、でも僕は僕であることにそこそこ満足している。

多分僕は恵まれているのだろう。

この世知辛い世の中で、僕の悩みは、好きな人に好きと言えないことと、ときどき悪夢を見ることぐらいなのだ。幸福がすぎる。僕も、牛乳なしでパンを食べて、口の中をぱさぱさにしたほうがいいかもしれない。

朝、七時五分にやって来た佑太郎とフロント業務を交代して、眠気をまとった体で町へ出る。朝の空気はつんと冷たくて、火照った顔や体を心地よく冷ましてくれる。

少し遠回りして鴨川のほうまで来た。川沿いの道を歩きながら浴びるこの早朝のしんとした空気が、僕は好きだ。だからこそ、夜勤の仕事が続いているっていうのもあるかもしれない。映画用語でいうところのマジックアワーも、ときどき見られる。日没前、あるいは日の出後のほんの短い間あらわれる、薄明かりの空のことだ。世界を包み込む赤と金色のグラデーション。その荘厳《そうごん》な美しさは、どんな疲れも消し去ってくれる。

終わりかけの桜が、はらはらと薄桃色の花びらを散らしている。川面に浮かんだ花びらたちは川の流れに乗ってゆったりとたゆたっている。「時間」が目に見えるならこんな感じかな、と思う。

なんだかとても気分が良かった。

朝ご飯に恵梨香さんのためにパンを買って帰ろうか、でも今の時間だとコンビニで工場生産されたパンしか買えない。どうしようかなと思いながら歩いていて、そうだ、四条大宮のまるき製パン所だったら六時半から開いているはず、と思い出す。ちょっと遠いけれど行ってこようか、恵梨香さんはきっと喜ぶだろう、そんなことを思いながら阪急京都線の駅へと方向転換したとき、川の反対側に彼女の姿を見つけた。

恵梨香さんが、桜の木の下に立っていた。

こんなところで会えるなんて。

彼女のことを考えすぎて、呼びよせてしまったのかもしれない。いや、そういう能力があるとしたら僕じゃなくて彼女のほうか。声をかけようか、でもこんな早い時間に大声を出したら迷惑かなと思ったそのとき、木の陰に、他にも誰かがいることに気づいた。

恵梨香さんの前に、男の人が立っていた。

背が高くて痩せていて、黒いぴたっとしたパンツをはいている。背中に背負っている曲線を描く大きな物は、たぶんギターのケースだ。二人は、その場で立ち話をしているようだった。

こんな早朝に、恵梨香さんはなにをしているんだ？　一緒にいるのは誰だ？　二人の距離が近すぎて、恵梨香さんが男に絡まれているのかと一瞬思ったけれど、そんな感じには見えなかった。

両目共に一・五を誇る視力で、男の顔をよく見ようと目を凝らす。と、恵梨香さんが男のあごの辺りに手を伸ばすのが見えた。

なにが起こるのか分からなくて、いや、本当は分かっているのだけれど分かりたくなくて、脳も体も動きを止めた。そのせいで僕は目をそらすことができない。強い風が吹いて、桜の木が花びらを散らした。桜吹雪が、恵梨香さんと知らない男を包む。

　二人の顔が近づいていく。


　まるき製パン所でコッペパンのサンドイッチを買って家に帰った。静かに鍵を開け、静かにドアを開け、静かに靴を脱いで部屋に入った。板張りの床がやたらに冷たかった。

　リビングのソファの上には、恵梨香さんが座っていた。膝を抱えた、昨日の朝見たのとおんなじ形だ。荷造りを終えた小さな銀色のスーツケースが、傍らに置いてある。

「まだいたんですか」

　僕が言うと、恵梨香さんはくるりと目を動かし、

「正臣くんが帰ってくるのを待っていたんだよ」

　と言った。恵梨香さんに会えることを僕が喜ぶだろう、それをまったく疑っていない言い方だ。

「遅かったね。いつもは七時半には帰ってくるのに。もう行っちゃおうかなってちょっと迷ったよ」

　恵梨香さんは拗ねた顔で言った。時計を見る。八時四十五分を過ぎていた。

「これ買ってたから」

パンの袋を差し出すと、恵梨香さんは、わあ、と嬉しそうな声を出した。さっそく袋の中に手を突っ込み、パンをテーブルの上に並べて吟味し始める。ウィンナードッグは絶対、コロッケもいいな、ハムロールも美味しそう、どうする？　全部半分こにする？　なんて明るい声で僕に笑いかける。その弾む声が憎らしくて、僕はできるだけ嫌な声を出す。

「あの人誰なん？」

恵梨香さんは顔を上げ、きょとんとした表情で僕を見た。

「あの人？」

「鴨川のほとりにいたでしょう。ギター持った男の人と」

恵梨香さんは、ああ、と今思い出したかのような声を出した。

「知り合いよ」

「恵梨香さんはただの知り合いとキスしはるんですか」

僕が言うと、あら、見られたか、と悪戯っぽく肩をすくめた。

「前世の知り合いなの。だから特別」

前世で恋人だった僕よりも特別な人間？　恋人以上にキスすべき関係ってなんだ？　一体どんな間柄だったら、あんなふうに恵梨香さんに口づけて貰えるというのか。飼い犬か？

「彼にはどんな文字が見えたんですか」

苛立ちを隠しきれぬままに僕が言うと、彼女は少しだけ黙って僕の顔を見た。言うべきか言わぬべきか、考えあぐねているのかもしれない。それからちょっとだけ息を吐いて、時間をかけてゆっくりと唇を持ち上げ、

「『わたしを殺した人』」

と、言った。今日の天気を口にするような、軽い調子で。

「わたしはあの人に殺して貰ったの」

え、と聞き返した自分の声が、自分の耳に届かなかった。

きっと僕は今、ものすごく間抜けな顔をしているだろう。でも大丈夫。僕は、自分の間抜けさには慣れている。

恵梨香さんの髪には、桜の花びらが幾枚かついていた。僕はそれを取ってあげたいと思う。でも、手を伸ばすことができない。僕は彼女に触れられない。

恵梨香さんの横顔は、今日も変わらず美しかった。

第三話　朝食　＝阿闍梨餅と珈琲（ミルクなし）＝

夢の中のわたしは、またひとをころしたらしい。

その日のわたしは内臓を小さな鍋に入れ、その鍋を頭上に掲げておずおずと歩いていた。道沿いに石造りの高い塀が見える。見知らぬ場所だ。天気が良く、足元は裸足だった。

それにしてもどうして鍋なんかに内臓を入れていたのだろう。他にいい器はなかったのか。内臓に対して、いやころした人に対して失礼なんじゃないかと心配になる。頭上に掲げているのはせめてもの敬意だろうか。分からない。夢の中のわたしはまったくもって不可解だ。

目を覚まし体を起こして、ふうっと息をつく。この夢は、いったいいつまで続くのだろう。ころしをするシーンを覚えていないことだけが唯一の救いだ。

ひとをころし、内臓を運ぶ。一度目はビニール袋で。二度目は鍋で。シュールすぎて、これが悪夢なのかどうか分からなくなってきた。ひょっとしたら人によっては笑っちゃうような面白い夢なのかもしれない。ユングや彼の言うとおり、吉夢なのかもしれない。ようは、見る側の問題で。

カーテンの隙間から朝日が差し込んでいる。眩しくてごろんと寝返りを打ったら、目の前に隣で寝ている彼の後頭部が現れた。彼の頭の乗せられた枕から、わたしのシャンプーの匂いがする。

そういえば、餓死の刑に処され死にかけた父に自分の母乳をあげようとする娘の描かれた絵を見て、卑猥だと彼が言ったことがあった。ルーベンスの絵だ。サンクトペテルブルクにあるエルミタージュ美術館の図録を、一緒に眺めていたときだった。なぜ母乳なんだ、違う食べ物をあげればいいのに。気持ちが悪いよ。彼はそう言った。でも彼は、母乳しか差し出すことのできなかった娘のことを考えていない。娘は、母乳以外なにも持っていなかったに違いないのに。

ふう、と息をつく。

すべての出来事には、過去があり、未来がある、ということ。でもだとしたら、わたしが夢の中でひところしをしたことにはきっと理由があるのだし、その内臓を運ぶことにも意味があるのだろう。世界を瞬間で切り取るのは危険だ。

わたしの「今」を切り取ったなら、それは幸福に見えるだろうか、と、彼の後頭部を眺めながら思う。彼もわたしも寝相がよくてほとんど寝返りを打たないから、体がぶつかり合うことはない。まるでひとりで寝ているみたいだと毎晩思う。セミダブルベッドに一緒に寝て、まったく不快にならない人はまれだ。

息をついてベッドサイドの目覚まし時計を見る。長い針がかたりと動き、九時十七分をさした。

「嘘」

思わずつぶやく。でも嘘だと思いたいようなことは、いつだってだいたい現実だ。

わたしが体を起こすと、彼も体を起こした。

「起きてたの？」

「うん」

「どうして起こしてくれなかったの」

「だって津秋、よく寝ていたから」

わたしはむっとしながら起き上がりパジャマを脱ぎ捨てた。わたしは今なににむっとしているのだろう。目覚まし時計にだろうか自分にだろうか、それとも彼にだろうか、と一瞬考える。

下着姿のまま、洗面所をびしゃびしゃにして顔を洗った。普段ならすぐに床を拭くけれど、今日はそのまま濡れた床の上で歯を磨き髪を梳《す》いた。彼は床を拭いてくれないだろう。分かっているけれど、せめてもの抵抗だ。

適当に服を羽織り、化粧をしながらコーヒーメーカーのスイッチを押した。彼はまだ寝室から出てこない。八つ当たりをしたのがなんだか急に申し訳ない気分になって、開けっ放しの寝室のドアの向こうに、おはよう、と声をかける。返事はない。

珈琲を自分のカップにそそぎ、それから彼の分も入れてテーブルに置いた。ようやく寝室から出てきた彼は、キッチンの椅子に腰かけた。朝ご飯が出るのを待っているのかもしれないけれど、今日は、作る気も時間もない。

内臓を鍋に入れて運ぶ夢にはどういう意味があるのだろうか。気になったから夢事典を鞄に放り込んだ。「行ってきます」を言って、靴を履きながら家を出た。結局、珈琲は一口も飲まなかった。たぶん彼も。


いつもより三十分遅れて店に駆け込むと、煙草をくわえたキムさんがにやりとしながら片手を上げた。もうサムゲタンの仕込みは終わったらしい。ちなみにだけれど、もちろん店内は禁煙だ。

「すみません。寝坊しちゃって」

「珍しいな、津秋ちゃんの寝坊」

「ちょっと。変な夢を見て」

「どんな？　エロいやつ？」

「それセクハラです。労基に電話しますよ」

わたしが言うと、キムさんは、はいはいはいはい、とはいを四回も言って大げさに肩をすくめた。

「今日のまかない、津秋ちゃんの好きなキンパにしたから。あとで食べて」

キムさんの言葉に、はい、ありがとうございますと頭を下げた。胡麻油のまぶされた韓国海苔の香ばしさを思い出し、口の中に唾がたまった。本当は今すぐ食べたいくらいにお腹が空いていた。

キムさんは、彼に会ったことがある。

一年と少し前だ。わたしの職場が見たいと言って、会社の外回り中に彼が突然にやってきたのだ。ニンニクを使ってない料理を、と言われたのでキンパをすすめた。彼はじゃあそれにすると言ってから、こっそり、キンパって何？　とわたしに尋ねた。海苔巻き。そう答えたら、あー、海苔が歯についちゃうなあと眉をひそめた。

キムさんは彼が帰ったあと、わたしに「意外だった」と言った。なにがですか？　と尋ねると、思ってたタイプと違ったから、と答えた。

「ああいう、顔が良くて背が高くて育ちが良さそうで仕事ができそうで出世しそうな男、津秋ちゃんが好きになると思わなかった」

　顔が良くて背が高くて育ちが良くて仕事ができて出世しそうな男のことは、大抵の異性愛者の女は好きですよ、と思ったけれど言わなかった。正直に言えばわたしも意外だったから。彼が、わたしを選んだことが。わたしはただ選ばれただけだ。ほかにわたしを選んでくれる人は、いなかった。

　鞄からエプロンを出し、つける。いつもは簡単にできるのに、エプロンのひもが上手く結べない。後ろ手に回した手で何度もやり直す。

「変な夢っていうか、悪夢を見るんです、最近」

「どんな？」

「人を殺す夢」

「お、津秋ちゃんらしいね」

　キムさんはそう言って口を大きく開けて笑った。口の中も内臓だ。見てはいけないような気がして目をそらす。

「どこがわたしらしいんですか」

　わたしの質問には答えずに、キムさんはふわっと白い煙を吐いた。わたしは煙草を吸う人が嫌いだ。でも、キムさんが吐く煙だけは、白くて綺麗だなと思う。

「どんなふうに殺すの」

「殺すシーンは見てないんです。ただいつも誰かの内臓を持ってるんですよ。その内臓はわたしが殺した人のものだって、夢の中のわたしは知っているみたいで」

「変な夢。なんか悪いことが起きる前の予兆的なもんじゃないの」

　鞄から、彼から借りた夢事典を出してキムさんに渡す。

「この本においては、いいことの起こる前触れだそうですよ」

　キムさんは、へえ、と言いながら夢事典をぱらぱらとめくり、興味なさそうにすぐにテーブルの上に置いた。

「なんか他人事みたいだね」

「なにがですか」

「夢が。シーンとか、見てないとか、みたいだ、とか。自分の夢なのに映画の感想みたい」

　確かにそうだ。わたしはいつも、スクリーンを眺めるような気持ちで夢を見ている。だとしたら夢の中のわたしは、わたしが演じる誰か別の人なのかもしれない。

「夢の中のわたしはわたしなんですかね」

「違うの？」

「どうだろう。自分だけど自分じゃない感じ。たとえば前世のわたしみたいな」

前世、とキムさんはつぶやいて鼻で笑った。おかしなことを言ってしまった。恥ずかしくなる。

エプロンの結び目は斜めになっているけれど、諦めることにする。キッチンに入り、蛇口をひねって手を洗う。冷たい水が火照った体に心地よい。

「ランチの準備終わってるから、ゆっくりして大丈夫だよ。香子《こうこ》が手伝ってくれたから」

「香子さん来たんですか」

香子さんはキムさんの奥さんだ。リル・リンドフォッシュ似の。嘘だけど。香子さんは、この店の経理とか仕入れとかネット回りを担当している。ときどきお店に来るけれど、ほんのときどきだ。

それ、香子が、とキムさんが顎でカウンターの上を示した。薄茶色地に緑で侍らしき人たちの絵が描かれた箱が置いてある。阿《あ》闍梨《じゃり》餅《もち》だ。餡子《あんこ》の入った、京都の有名なお土産。一九二二年からあるお菓子だそうで、阿闍梨とは、比叡山《ひえいざん》で修行する高僧をさす。その阿闍梨のかぶっていた網代笠《あじろがさ》の形を模していることからその名がついたらしいけれど、わたしにはどっちかっていうと空飛ぶ円盤に見える。

「また京都行ってたんですか？　香子さん」

わたしが言うと、うん、まあ、とキムさんは言って、煙草を携帯用灰皿に押し付けた。

「一ついただきます」

箱を開け、阿闍梨餅を手に取る。朝ご飯を取れなかったから嬉しい。キムさんが、珈琲でも淹《い》れてやろう、と言いながら立ち上がる。わあい、と子供じみた声で喜んでみせて、袋をびりりと勢いよく破る。まあるい、直径五センチほどのお餅が顔を出す。頬張る。もちもちしていて美味しい。中の餡子も甘すぎず、粒が大きくていい。

香子さんは年に数回、多いときには月に二、三度京都へ行く。そしてそのたびに、阿闍梨餅を買ってくる。阿闍梨餅は賞味期限が数日しかないから、キムさんはそのたびにお店に持ってきてシフトに入っているバイトやお得意様に配ってくれる。わたしは阿闍梨餅が好きなので、お土産を買ってきてくれる香子さんのことも好きだ。

「香子さんてよく京都行きますよね」

「うん」

「なにしに行くんですか」

「さあ」

「知らないんですか」

「教えてくれねえんだもん」

「それで大丈夫なんですか」

「なにが？」

自分でも、キムさんになにを聞きたいのかよく分からなかった。大丈夫じゃないといいと思ったのかもしれない。軽い気持ちで人の不幸を面白がってしまう自分が嫌になる。作り笑いして、わたしは再び阿闍梨餅を齧る。キムさんはわたしの悪意にはまったく無頓着《むとんちゃく》で、

「夫婦仲的なもの？　別に大丈夫なんじゃねえの。俺次第でしょ」

と、答えた。

「心広いんですね、キムさん」

そう？　と言いながらキムさんはにやりとした。キムさんは性格を褒められるのが大好きなのだ。一番喜ぶのは、「優しい」と言われたとき。きっと人は、自分に欠けていると信じ込んでいる美徳を他者が発見してくれたとき、ひときわ嬉しくなるものなのだろう。

「うちはさ、夫婦って他人同士の共同体だと思ってんの。協力すべきときはするし補えることは補い合う。でも、一人でできることは一人でする」

「香子さんに恋人ができたらどうするんですか」

「うーん、まあ。こっちの共同体を百パーセント維持できるなら、いいんじゃない？　人間だし、感情までは拘束できないだろ」

そういう夫婦の形があるのだろうことは、頭では理解できる。でも、心では無理だ。もし

彼と結婚したあと彼に他に恋人ができたら、わたしはきっと耐えられないだろう。約束を破られたと思うだろう。わたしが守っているのにずるい、そう思うだろう。それはけして愛ではなくて、ただ、相手が自分よりも得をすることが我慢できない、そんな馬鹿みたいなエゴイズムだ。

ではもし、結婚前の今、彼に恋人がいるとしたら？　わたしは怒るのだろうか。自信がない。ほっとするかもしれない。自分は彼の最後の恋人ではないのだ、そう思うと少し楽だ。彼がわたしを粗末に扱うのは、わたしが駄目な人間だからではなくほかに好きな人がいるからだ、なんて考えたりして。

キムさんが珈琲の入ったマグカップをわたしの前に置いてくれた。口の中に阿闍梨餅が詰まっていたので、もごもごとしながら頭を下げた。キムさんが見た目によらず優しいことを、わたしはとっくに知っている。

「キムさんて、人を殺す夢、見たことありますか」

キムさんはしばらく考えると、

「ねえな」

と答えた。

「現実にだったら、殺したいやついるけどな」

わたしはどきっとしてキムさんの目を見た。キムさんもわたしを見ている。ひところしの目、とわたしはまた思う。この目で見られると、どうしてこんな気持ちになるのか。こんな気持ち。それは、どんな気持ちだろう。わたしの脳は、この感情を言語化する機能を持たない。

「殺したい人って、わたしですか？」

おそるおそる聞いてみると、キムさんは笑った。

「そんなわけねえだろ。なんで津秋ちゃん殺さなきゃいけないの」

津秋ちゃん殺しちゃったら、シフト回せなくて困っちゃうよ。

キムさんはにっと唇を横にゆがませて笑った。その答えを、わたしはどうしてか残念に思った。

わたし、キムさんに殺して欲しいのかもしれないな。

そう思いながら珈琲を飲んだ。人の淹れた珈琲はどうしてこんなに美味しいのだろう。

その日のバイトを終え公園に差し掛かると、また古沢さんがわたしを待っていた。

ガードレールに寄りかかり、わたしに向かって片手を上げている。今日は暖かいから裸に見えるコートは着ていなかった。幸運なことに。

「今日もわたしを待っていたんですか」

「まあね、昨日、ぜんぜん話できなかったから」

結構話した気がするんですけど古沢さんの家族構成とか知りましたし、と思ったけれど、言わない。

「さっきも店で会いましたよね」

古沢さんは今日もランチにやってきて、スンドゥブチゲ定食キムチ大盛りを食べた。

「だから店じゃできない話なんだって」

古沢さんはそう言って立ち、歩くようわたしを促した。古沢さんは今日は、サイズの大きすぎる薄桃色のシャツと、ジーンズ生地のショートパンツをはき、その上に黄色と黒のしましまのストールを巻いている。ショートパンツは短すぎてほとんどシャツに隠れてしまっていて、男物のワイシャツ一枚で歩いている人みたいに見えた。相変わらず古沢さんの服のセンスは絶妙に微妙だ。

「あ、これ、あげる」

彼女がそう言って鞄から出したのは阿闍梨餅だった。お店でキムさんに貰ったのだろう。

「嫌いなんですか？　甘いの」

「好きだよ。でもなんつーか、これキムさんの奥さんが買ってきたっつってたし」

食べるわけにはいかねえもんよあたしとしてはさあ、とべらんめえ口調で彼女は言った。古沢さんはきっと江戸っ子なのだろう。神奈川県川崎市に住んでいるって前に聞いた気がするけれど。わたしは阿闍梨餅が大好きなので、ありがたく受け取る。

「それで、話って」

今日も世間話で終わってしまったら明日も待ち伏せされることになるかもしれない。それは迷惑なので早いところ本題に入りたい。

古沢さんは歩きながらちらりと横目でわたしを見た。

「わたし将来飲食店をやりたいと思っていて、その相談に乗って欲しいの。一緒にお酒でも飲みながら」

意外な告白に少し驚く。古沢さん、学生起業家にでもなるつもりだろうか。もしかして引き抜きか？

「今からですか？」

「今じゃない。たとえば今夜十一時くらいから。できたら津秋ちゃんの家で」

「うちですか」

「津秋ちゃん一人暮らしでしょう？　うち、家族と住んでるし、五人きょうだいだし」

　兄姉弟妹の話はもう聞いた。

「どこかお店に行くんじゃ駄目なんですか」

「この辺、お店終わるの早いでしょう。電車で移動して貰うのも悪いし。つまみも飲み物もわたしが用意するから。津秋ちゃんは場所だけ提供してくれればいいから。お願いします」

　古沢さんはそう言って両手を合わせわたしを拝むような格好をした。ならば時間を早めればいいのにと思った。だいたいわたしはただのアルバイトで飲食店のことなど聞かれてもまったく分からないけれど、まあ別に構わない。

　わたしが了承すると、古沢さんの表情が一気にぱっと明るくなった。十一時に行くね、じゃあね。と言い残し、そのまま元来た方向へ走り去った。春の小鳥くらい軽やかな足取りだった。

　あんなに喜んでくれるなんて。なにかいいことをしたような気持ちだ。まだなにもしていないけれど。

　さて。家に帰って部屋を片付けよう。今朝はばたばたしていたから食器やパジャマが出しっぱなしだ。ベッドメイクもしていないし。

　それから彼に、今日はうちに来ないでと連絡をしなければ。相変わらず、既読のマークはつかないだろうけれど。

古沢さんに貰った阿闍梨餅を片手に持って、家路を急ぐ。

内臓入りの鍋を掲げて歩くのも、阿闍梨餅を手に歩くのも、どちらも同じくらいおかしなことかもな、と思う。春の日差しにくるまれた公園を歩くのは、心地が良かった。

夕食 ＝ 缶ビールと手料理（冷凍食品疑惑有）＝

部屋の中はあっという間に片付いた。

わたしは掃除が好きだし余計なものは持たない主義だし、もともとそんなに散らかしてはいなかったのだ。

今朝の後片付けと、部屋干ししていた洗濯物をしまうのと、あとは読みかけの本や雑誌をまとめたくらい。テーブルの上はもう四回も拭いた。手持無沙汰でぼんやりテレビのお笑い番組を眺める。

そういえば、女友達が家に来るなんて何年ぶりだろう。

就職結婚出産離婚転職転居移住。

妙齢の女たちはそれらを通るたびにふるいにかけたように友人を減らしていくものらしい。

別に連絡を取らないと決めたわけでもないのに、気づくと毎年数名ずつ友人が連絡先リストから消えていく。もともと友達が多いほうでなかったわたしには、誕生日や新年のメールを送りあう人も、もうほんの数人しかいない。ときどきＳＮＳで近況を見て、懐かしいなあと思うぐらい。女子学生だった頃のように、わたしのすべてを知っている（ように思えた）親友はもういない。

だから、たぶんわたしは少し嬉しかったのだ。

古沢さんがわたしを誘ってくれたことが。たとえ、彼女と共通の話題が一つも思いつかなかったとしても。飲食店の相談なんてただの方便で、彼女の話の内容が報われない恋の動向だと勘付いていることを、見ないふりしているとしても。

十一時の五分前、チャイムが鳴った。

玄関まで行きドアスコープを覗くと、そこにはなぜかキムさんが立っていた。混乱しながら薄くドアを開ける。

「どうしたんですか」

キムさんはほんの五センチしかないドアの隙間にぐいっと手を入れてドアをこじ開け、押し売りの人みたいに玄関の中に体を入れた。

「飲み会やるんだろ」

これ土産、と差し出された縦長の風呂敷包みを思わず受け取る。重い。たぷん、と中で液体が揺れた。一升瓶が入っているようだ。

「古沢さんに誘われたんだけど」

「古沢さん、なんて言ったんですか」

「三人で飲もうって。飲食店経営について相談があるからって。場所が津秋ちゃんちだって言うからさ、来ないわけにはいかないじゃん。店、少し早めに閉めちゃった」

そう言いながら、キムさんは靴を脱ぎはじめた。三人。わたし、聞いていない。

一瞬、古沢さんが来なくて二人だけだったらどうしようと思い、そんなわけないと慌ててその考えを打ち消した。

靴棚を開けスリッパに手を伸ばしかけて考える。うちには男性用スリッパは一つしかないのだけれど、彼のを出していいものだろうか。それとも、女性用の少し小さめのものを？迷っていたら、キムさんはスリッパを履《は》かずに部屋の中へずんずんと入って行ってしまった。

慌ててあとを追いかける。キムさんはすでにソファの真ん中に座っていた。男性用スリッパを足元に置くと、キムさんはなんてことなく足を通した。どうしてかその瞬間少しだけ胸が痛んだ。

「なんにも用意してないんだな」

テーブルの上を見ながらキムさんは言った。

「古沢さんが全部用意してくれるっていうから」

「だとしてもさあ、ちょっとぐらいなんか用意するだろ、普通」

普通ってなんだ、人によって違うだろう、他者に「普通」を強要するのは傲慢だ、などと言い訳みたいに考えながらもなにも言えずに冷蔵庫から缶ビールを出して渡す。キムさんは、おう、あるじゃん、と言いながら嬉しそうにプルタブを上げた。

なんとなくソファに近づくことは躊躇われて、ダイニングテーブルの上でキムさんから渡された風呂敷包みを開けてみる。中には、瓶詰の朝鮮人参酒が入っていた。

「これ、お店で出してるやつですか」

「そうそう。合法の密造酒。うちの店のオリジナル」

最近のロックミュージシャンはこれ飲んでるんですか、と尋ねると、最近のロックミュージシャンは酒飲まないんだよ、みんなソフトドリンクだよ、いまどき酒なんか飲んでるやつらはだいたいが売れない俳優とか映画監督とかだね、と言いながら目を細めて笑った。

「グラスある？」

キムさんが立ち上がり、ダイニングテーブルに近づいてくる。わたしは食器棚からグラスを出し、キムさんに渡す。一瞬手が触れそうになり、慌てて引っ込める。店では、体のどこかが触れてしまうことなんかしょっちゅうだ。でも、店と、自分の家とでは、感じ方がこんなにも違う。慌てたわたしは、心を落ち着かせるために香子さんの顔を思い浮かべた。

「香子さんはどうしているんですか」

「家にいるだろ」

「いいんですか、ひとりで飲みに行って」

「そういうの気にしないことにしてるんだって。私生活には必要以上に関与しない。それが結婚生活をうまくいかせるルール」

「そうですか。肝に銘じます」

そう言いながら、わたしはキムさんに背を向け冷蔵庫を開けた。確かチーズくらいあったはずだ。

古沢さんは本当に来るのだろうか。

来なかったらどうする?

どうするって、どういう選択肢があるというのか。なにもない。選択する肢などあるはずがない。わたしの脳が、また考える機能を停止している。

わたしたちは今、二人きりだ。毎日店に二人きりでいるのに、今はそれとはまったく違う。キムさんは今、なにを考えている？　わたしは冷蔵庫のドアを閉めるのも忘れて、キムさんを見た。キムさんもわたしを見た。キムさんの口が、なにかを言おうと開かれる。わたしは息を止め、耳に注力する。どんな言葉も聞き逃さないように。

　しかしわたしの耳がキャッチしたのは、玄関チャイムの音だった。

「お、来たな」

　キムさんの口はそう動いた。わたしは待ちわびていた人の到着を知ったときのように微笑んでみせてから、玄関へ向かった。

「ごめんごめん、キッチン使おうとしたらちょうど妹がみんなの夕食の片付けしてて。仕方ないからそれ手伝ってから料理はじめたから、遅れちゃった」

　でも代わりにでき立てだよ、と言いながら、古沢さんは紙袋から一辺が三十センチ以上ある大型タッパーをいくつも出した。さすが大家族だ。こんなに大きなタッパーが世の中に存在するとは知らなかった。

「古沢さんの妹、みんなの夕食作ってんの。偉いな」

「偉くない偉くない。うち、父子家庭だから。みんなで持ち回りで家事してんっすよ。上の二人は社会人だから、土日だけだけど。あ、わたし五人きょうだいの真ん中で。兄姉弟妹、全部いるんす」

へえ、とキムさんが相槌を打つ。古沢さんの家庭環境にまた詳しくなってしまった、と思いつつ、わたしは取り皿と割り箸を準備する。古沢さんはいそいそとキムさんの隣に座った。

タッパーの中は多種多様にあふれていた。卵焼き、から揚げ、ポテトサラダ、焼き鳥、生春巻き、揚げ春巻き、厚揚げの煮物、アボカドのディップ、フライドポテト、ミニトマト、俵形のおにぎり。つまみというより運動会のお弁当のようだった。

古沢さんはキムさんの取り皿に、かいがいしく食べ物をよそいはじめた。手作りという割には、冷凍食品らしき品が多かった。これで本当に飲食店経営を考えているのだとしたらどうかしている。

「で、なんで急に俺たちを集めたの」

「言ったじゃないですか。飲食店で働くキムさんと津秋ちゃんに、ノウハウを教えて欲しいって」

「飲食店て、なんの店」

「喫茶店です」

「喫茶店かあ。うちの店とはまた全然違うと思うけど。だいたい、うちの店なんかいつ潰れてもおかしくないからなあ。参考になるかなあ」

キムさんが困ったように眉をひそめると、古沢さんは、

「まあ、とりあえずざっくばらんに話しましょうよ。キムさんがどうしてお店を始めたかとか、将来の夢と展望とか。津秋ちゃんだってずっとバイト生活してるわけにいかないでしょう。わたし、二人ともっと話してみたかったんですよ」

と、とって付けたようなことを言った。

二人と。

それは嘘だ、ということをわたしは知っている。きっと、二人きりでの飲み会は妻帯者であるキムさんには断られる可能性が高いから、わたしを利用しただけだろう。開催時間が遅いのもキムさんの店が閉店するのを待っていただけで、わたしの都合は後回しにされている。一瞬でも古沢さんに友情を感じたりして、損した。

「津秋ちゃんもこっち座りなよ」

キムさんはそう言ってくれたけれど、うちのソファは二人掛けだ。わたしは用事があるふりをして狭い台所のほうへ行き冷蔵庫を開ける。缶ビールは一缶しか入っていなかった。

飲み物も食べ物も用意する必要ない、古沢さんは確かにそう言ったのに、彼女が飲み物を持ってきた気配はない。ビールの買い置きはもうない。さすがに一杯目から朝鮮人参酒というわけにもいかなかろう。

わたしは缶ビールとグラスを古沢さんの前に置いた。

「飲み物なくなっちゃったから、ちょっと買って来ます」

「わたしも行こうか？」

「コンビニ近いから大丈夫。二人で食べてて」

わたしはお財布と携帯を手にして玄関へ向かう。と、古沢さんがばたばたとあとを追いかけてきた。靴を履くためにかがみ込んだわたしに目線の高さを合わせ、古沢さんは小声で言った。

「いいの、津秋ちゃん」

「いいですよ別に。ビールくらい」

「違うよ、そっちじゃなくて。わたしキムさんのこと好きなんだよ。分かってるでしょう」

分かっているか、と聞かれたならば分かっている、と答える。でも、いいの、と聞かれてもなにを答えればいいのか分からない。古沢さんはさらにわたしに顔を近づけ、深刻な表情で、言った。

「二人きりにされたら、わたし、キムさんになにかしちゃうかもしれない。いいの？」

いいか悪いか判断するのは、キムさんであって、わたしではない。

ドアを閉めたら必要以上に大きな音が出て、驚いた。

夜食　＝再び阿闍梨餅＝

コンビニエンスストアでビール三百五十ミリリットル缶を十二缶買った。白いコンビニ袋が手のひらに食い込む。あまりに重くて、片道五分のコンビニに行って帰ってくるのに二十分かかってしまった。

二十分。

それは、「なにかしちゃう」のには充分な時間だろうか。もう少しゆっくりしたほうがいいだろうか。

そんなことを考えながら、わたしはアパートの前のガードレールに寄りかかっている。コンビニ袋はアスファルトにじかに置いてしまった。

家のほうをちらりと見るけれど、アパートの入口からは中の様子はうかがい知れない。裏のベランダに回れば窓から中が見えるが、のぞき見みたいで気が引ける。わたしの家なのに入れないなんて。ため息が出る。

今夜、これからどうしよう。

スプリングコートのポケットに手を入れたら、阿闍梨餅が出てきた。古沢さんに貰ったやつだ。封を開け、齧る。いつだってどんなときだって相変わらず、阿闍梨餅は美味しい。

古沢さんはいいな、自由で。

とわたしは思った。もちろん、既婚者と肉体的接触をするのは好ましくない。なぜいけないのか？　倫理的観点から。法的な側面から。宗教的道徳観から。

それでもわたしは古沢さんが羨ましい。わたしも本当はキムさんと体の関係を持ちたいのか？　そういうことでもない気がする。でも心の関係のほうが重要だなんて、綺麗ごとを言うつもりもない。

ときどき、誰でもいいから抱きしめて欲しい、と思う。温度のある肉体に包んで欲しくなる。誰でもいい。わたしより大きな体の人なら。

本当は、彼が一番いい。彼に抱きしめて貰いたい。でも彼はもう、一年近くわたしには触っていない。これから先も、多分きっと触らない。

阿闍梨餅を口に運ぶ。もちもちの皮が口の中で弾んでいる。はみ出した餡子がわたしの口中を甘く満たす。

想像する。古沢さんがキムさんに内臓を触られているところを。

胸の奥で、なにかがつぶれるような変な音がした。

これを食べ終えたら。

これを食べ終えたら部屋に帰ろう。あの二人を追い出して、それから彼に告げるのだ。もう会いません、お別れします、そう言うのだ。あなたのことなんか二度と思い出さない。そう彼に言う。

でも分かっている。

わたしには何もできない。わたしには現状を変える力がない。わたしはきっと、今日という日を生き延びることができない。わたしは死んだようにしか生きられない。今までずっとそうだったように。

阿闍梨餅を全部口の中に押し込んだ。このまま餅が喉に詰まればいいと思った。

阿闍梨餅で窒息死。

それは朝鮮人参でトリップするよりも、よほどロックなことではなかろうか。

第四話　朝食 ══ なし ══

　恵梨香さんを京都駅まで送った。改札近くのお土産屋で、彼女は阿闍梨餅十二個入りを二箱買った。

「そんなに買って食べきれるん？　阿闍梨餅って賞味期限五日間しかないねんで」

　僕が言うと、恵梨香さんは、

「大丈夫。旦那がお店のバイトさんとかお得意様に配るから」

と、なんてことなく答えた。一瞬、聞き間違えたかと思った。でも確かに彼女は言った。旦那のお店、と。

「旦那って？」

「何回も言ったでしょう？　飲食店やってるって」

　飲食店の話は確かに聞いた。何回も。でも一度たりとも、旦那、は出てこなかった。恵梨香さんはどこぞの問屋に丁稚奉公でもしているのかと一瞬思ったが、そんなはずはない。普通に考えれば、旦那イコール法的に認められた配偶者のことだ。

「恵梨香さんて結婚してんの？」

「してるよ。なんで？」

なんで？　きょとんとした表情に不意を突かれる。僕の顔は、驚きのあまり半笑いになっていただろう。

「だって恵梨香さん、今朝男とキスしてたやんか」

「しつこいなあ。人前でするなんていい歳して悪かったよ。ごめん」

恵梨香さんはそう言って、本当に恥ずかしそうに笑った。たぶん本気で「人前で」キスしたことが問題なのだと思っている。結婚していることでも、僕が恵梨香さんを想っていることでもなく。ひょっとして、恵梨香さんは僕が彼女を好きだということに気づいていないのではあるまいか。その恐るべき事実にぞっとする。

僕が今まで彼女に優しく紳士的に接していたのは、僕が優しく紳士的な人間だからだとでも思っていたのだろうか。まさか。好きな人に優しく紳士的な人間だと思われたいからに決まっているではないか。そんなことにも気づかなかったのか。そんなにも馬鹿なのか恵梨香さんは。

混乱した僕は、

「僕、恵梨香さんのこと好きなんやけど」

と、思わず口走った。すると恵梨香さんは、

「あ、そうなの」

と、答えた。「バスは今行ったばかりですよ」に対する答えと同じくらいの軽やかさだった。僕の気持ちも軽くあしらわれたような気がして、頭に血が上る。たぶん顔は半笑いのままだけれど。

「本気やで」

「正臣くん、わたしたち幾つ年が違うと思ってるの」

恵梨香さんの表情も僕と同じく半笑いだった。まったく本気にされていないことが、ひしひしと伝わってくる。

十歳か十五歳か、ひょっとしたらもっと。僕は恵梨香さんの年齢を知らないから分からない。でも、年が違うくらいなんだというのだろう。この世界の夫婦及び恋人同士で、両者が同じ年齢の二人組なんかきっとほんの一部だ。すなわちその一部以外の二人組は必ず、一年以上百年以下、歳が離れている。

「年齢と人の気持ちは関係ないやろ」

「恋なんて感情はね、ほとんどが気のせいだよ」

「今話してんのは恵梨香さんの感情とちがう。僕の感情や。勝手に決めんといて」

「きみはまだ若いから勘違いしているだけだよ。もっと正臣くんに適した人がいる。わたしじゃない。だいたい、こんなに歳の離れた人に恋するなんて普通じゃないよ」

違う。彼女の普通と僕の普通は違う。彼女は僕を自分の「普通」に押し込めて、その代わりに自分のテリトリーから追いだす気なのだ。

その瞬間、僕は恵梨香さんを憎んだ。

たぶん僕は、彼女を睨みつけたのだと思う。恵梨香さんは一瞬だけおびえたような顔をした。でも一瞬だ。彼女は、僕の恋だけでなく怒りすら見ないふりをした。

「正臣くんは、阿闍梨餅買わないの」

彼女は突然どうでもいいことを言って笑いかけた。睨みつけている僕に。まるでさっきまでの会話などなかったみたいに。

「そんなん食べるん、観光客だけや」

本当は僕だって阿闍梨餅が大好きなのに、反抗心からかそんなどうでもいい嘘をついた。

「そうなの。美味しいのにね」

恵梨香さんはそう言って、その瞬間だけ、本当に寂しそうな顔をした。

それから彼女は、じゃあまたね、と言って僕に背中を向けた。阿闍梨餅の入った紙袋を右手に、左手で小さなトランクを引きずりながら、新幹線改札を通り抜ける。僕と彼女の間に大きな隔たりができる。向こう側へ行く人と、こちら側へ残る人。それはアメリカとメキシコの間にそびえる国境よりも高い壁だった。取り返しのつかないどうしようもない拒絶。恵梨香さんの長い髪がふわりと揺れる。まだ桜の花びらがついている。僕はその髪に触れたことさえなく、この先触れることもないのだと、瞬間、思い知る。

彼女の姿が雑踏の中に消えていくのをじっくりと眺めた。

永遠に見失いたくないと思って目を凝らしたのに、あっという間に人波に飲まれてしまった。恵梨香さんはもう二度と僕の家に来ないんじゃないか、と突然思った。そしてそれはそうなんだろうと自分に言い聞かせた。

改札近くにある飲食店のガラスに自分の顔を映してみた。人を殺しそうな目をしている、と自分の顔を見て思った。こんな目をした人間に、また会いに来るわけがない。普通の、まともな人間なら。

携帯を出しラインを開いて、恵梨香さんに「次はいつ会えますか？」と送ってみた。すぐに既読マークがついた。一秒後に変なパンダがピースサインしているスタンプが送られてきた。パンダの顔は薄っぺらくて、今世紀最大の阿呆面をしていた。僕も適当に阿呆みたいなスタンプを押して返した。そのスタンプは既読にはならなかった。僕はしばらく、その既読にならないスタンプを見つめていた。

なんだこれは。

なんだこれはなんだこれは。
こんなふうに僕の長い恋が終わるのか。こんなに簡単に、馬鹿みたいに呆気なく。好きだなんて、なんであんなことを言ってしまったんだろう。言わなければ一緒にいられたのに。今から追いかけて取り消すことはできるだろうか。取り消す？　取り消してどうする？　言葉を取り消したところで、僕の想いは消えない。彼女の胸にわいたわだかまりも。こんなことなら佑太郎が言うように、さっさと押し倒してしまえば良かった。ちゃんと嫌われれば良かった。彼女を憎むくらいなら、彼女に憎まれたかった。

　僕はその場に立ち尽くしたまま、歩き方を忘れて動けなくなった。鉛の心と鉛の体で、僕はただ突っ立っている。

　どうしたらもう一度会える？

　どうしたら取り返せる？

　僕は彼女のことを知らない。住所も出身地も年齢も、「旦那の店」の場所も、彼女の名字さえも。彼女は僕になにも教えなかった。最初から彼女は深く関わる気がなかったのだ。僕に。僕の人生に。僕は彼女にとって、どうでもいい通りすがりのものだったのだ。京都の簡易宿泊施設として、便利なだけの存在。僕は彼女にとってただのドミトリーでしかない。ただのｄｏｒｍ（眠る）ｔｅｒｒｉｔｏｒｙ（場所）。恋をする場所でも帰る場所でもなく。

大切な場所でもなく。たまたまそこにあった、安全に眠ることのできる場所。野良猫の立ち寄り所。

前世の恋人だなんて言われてその気になって、馬鹿みたいだ僕は。前世なんかあるわけないのに。胸が苦しい。吐きそうだ。立っているのもつらくなって、僕はその場にうずくまった。

京都の町を歩きながら考える。駅を出てひっきりなしに来るタクシーの間を抜け京都タワーの真下を通り、ただただ下を向いて黙々と進む。あふれる観光客たちの歩みは遅い。人ごみの中をぬいながら、とにかく前へ前へ歩を進めた。

恵梨香さんを取り戻すためにはどうしたらいいだろう。

取り戻すと言ったって、もともと僕のものだったことはない。恋人同士だったはずの前世ですら、彼女は僕のものではなかった。彼女を殺した人に、彼女は夢中だったのだ。

それでも前世はまだましだ。彼女にきちんと関係できていた。現世での僕は、彼女の人生に数ミリ程度も関与できていない。

でもだとしても、僕はまだ彼女に会いたい。

おおよそ四十五分は歩いただろう。

ぐるぐる回る思惑はまだなんの答えも見出していないのに、気づいたら、鴨川沿いの、恵梨香さんとギター男のキスを目撃した場所にいた。数時間前もし僕がここに来ていなかったら、僕はまだ恵梨香さんを失っていなかったはずだ。僕の憎しみの対象は、彼女からギター男に移り、そこから間の悪い僕自身へと移っていき、いや自分ではなく恵梨香さんを憎むべきだと思いなおす。感情は常に螺旋を描く。

あの男はいったい何者なんだろう。

ギターケースを背負っていたということは、ギター弾きかケースの中にマシンガンを忍ばせた殺し屋のどちらかに違いない。そしてたぶん現代日本に、そんな映画みたいな殺し屋はいない。ということは、彼はあの晩、どこかでギターを弾いていたということだ。

携帯で周囲にライブハウスがないかを検索した。歩いてほんの数分ほどのところに、一軒見つけた。

そのライブハウスは古いビルの二階にあった。

大きなネオン看板がビルの壁を飾っている。緑色の文字でＶＯＸ ｈａｌｌ。ボックスホールと読むのだろうか。確かラテン語でＶＯＸは声を意味するはずだから、声の会館。まだ昼間だから、ネオン看板に電気はついていない。同じビルにある六曜社地下という喫茶店には何度か来たことがあるのに、ライブハウスの存在には気づいていなかった。人は見たいものしか見ないものだ。

階段をのぼり二階へ上がる。階段脇の壁には、出演者なのだろうたくさんのミュージシャンらしき人たちのポスターが貼ってあった。ざっと眺めたけれど誰一人知らなかった。ライブハウスの重そうなドアに手をかけてみる。鍵がかかっていた。

オープンするのは何時なんだろう。

途方に暮れて、ライブハウスへ続く赤い階段に座り込む。

これくらい赤いと僕が血まみれだったとしても気づかれないな、と思いながら壁に寄りかかった。あの男の背負っていたケースには、やはり銃器類が入っていたのかもしれない。架空の銃は見えない弾丸をぶっぱなし、僕の心を蜂の巣にしたのだ。バンバンバンバババババ、と小さく銃声を口ずさみ、目をつむり死んだふりをする。どうせ機関銃で撃たれるなら、セーラー服を着た女の子に殺されたかった。できたら新しいやつじゃなく、相米慎二《そうまいしんじ》のほうでお願いしたい。

急激に眠気が襲ってきた。そういえば僕は、昨日からほとんど眠っていないのだ。

夢を見た。

長い長い石壁があった。もうすぐころされるのだということを、僕は知っていた。でもあんまり怖くなかった。この生を終えても、次の生があることを知っていたからだ。

そうかもしかしたらこれは僕の前世なんじゃないか？　前世なら、恵梨香さんに会えるんじゃないか？　なんてちょっとだけ思った。思ったところで、目が覚めた。


目を開けたら、知らない女が僕の顔を覗き込んでいた。

「なんや、死んでるんかと思ったわ」

と彼女はがっかりしたように言った。眉毛と唇と耳に銀色の輪っかのピアスをはめていた。髪は金髪で、太もも丸出しにカットされた短いデニムを履いていた。十代、いや二十代だろうか。ひょっとすると三十代かもしれない。セーラー服も機関銃も似合いそうな、ベイビーフェイスではあった。

「きみ、絵にかいたようなパンク少女やな」

僕が言うと、彼女は、はあ？　と不満気な声を出した。

「ちょっとどいてくれへん？　邪魔やねんけど」

「ここで働いてんの？」

「せやけど。邪魔やからどいてって」

　彼女は不機嫌そうに言うと、ショートパンツから伸びる細い足で僕を蹴るような真似をした。それをよけようとした僕は、壁に顔をぶつけそうになって慌てて体勢を整える。壁のポスター写真の中のギターを抱えた男と、危うくキスしそうになった。

「危ないな」

　そう言いながらポスターの男の顔を見て、はっとする。僕はこの男を知っている。

「なあ、この人昨日ここでライブしてへんかった？」

　ポスターの男を指さしながら僕が言うと、パンク少女は警戒心を弱めたのか、少しだけ口角を上にあげた。唇にはめられたピアスが不思議な角度に動いた。

「なんや、あんた河合《かわい》さんのファンか」

「河合さんいうんか。このギター男」

「なんなん？　あんた河合さんのファンちがうんか」

「ちがう。そいつのことは嫌いや。僕が好きなんは恵梨香さんや」

　思わず言うと、彼女は、なんや、恵梨香さんのファンか、と言った。

「恵梨香さんのこと知ってるん？」

「あんたの恵梨香さんとあたしの恵梨香さんがおんなじ人やったらな」

僕は恵梨香さんの特徴をあげる。ロングヘア、丸顔、垂れ目、分厚い唇、魅惑的なビブラートボイス、むちむちの太もも、巨乳。彼女は巨乳というところにだけ「巨乳っていうか、あの人は全体的にふくよかなんやと思うけど」と注釈を入れた。間違いない。僕の知ってる恵梨香さんだ。

「あんたのあげる恵梨香さんの特徴、なんやセックスアピールばっかりやな」

「仕方がない。僕は恵梨香さんとセックスしたいんやもん」

「なんなんそれ、あんた阿呆やろ」

彼女はけらけらと笑った。僕の答えを気に入ったようだった。見かけだけでなく心もパンクだ。

「なかなかに気色悪いなあんた」

「恵梨香さん、ここに昨日も来たやろ。その、ギター男のライブに」

「あんた恵梨香さんのおっかけなん？」

「ある意味そうだし、そうでないとも言える」

「なんやそれ、哲学か。ますます気色悪い」

口では辛辣なことを言いながらも、彼女は僕に興味を持ったらしい。階段の上にしゃがみ込み、僕に目線を合わせた。ゆるゆるのショートパンツの隙間からパンツが見えそうで、目をそらす。

「もちろんいたわ。あのバンド、恵梨香さんのおかげで持ってるようなもんやもん。で、差し入れやゆうて朝鮮人参焼酎くれた。恵梨香さんのお店で出してるやつらしいで。あれ、やばいな。酔いの回りがえげつない。打ち上げや言うてここでみんなで飲んでんけど、ほとんど全員前後不覚になったわ。おかげであたしも二日酔いやねん」

　そういえば彼女の息は信じられないくらい酒臭かった。お酒の弱い僕は息だけで酔っぱらいそうだ。

　僕は、ポスターの中のギター男をまじまじと見る。目の下が普通以上にくぼんでいた。煙草か大麻か知らないなにかを吸っていそうな、典型的反社会的人物に見えた。

　恵梨香さんが京都に来ている理由。

　それは、この男に会うためだったのだろうか。

　なんてつまらない理由。つまらなすぎるよ、恵梨香さん。

「恵梨香さん、男の趣味悪いな」

　ぼそりとつぶやくと、パンク少女は驚きの声をあげた。

「あの二人できてるん？　最悪や。わたしのほうが百倍幸せにできるっちゅうねん」

「きみも恵梨香さんが好きなん」

「当たり前や。あんなええ女ほかにいいひん」

「その割に意地悪なこと言うてたけど」

「好きな女に意地悪したいタイプなんや。放っといて」

「なあ、恵梨香さんの連絡先教えて」

「はあ？　教えるわけないやん、あんたみたいなストーカーに」

「ストーカーかもしれへんけど、彼女とはもう五年以上付き合いのあるストーカーや。京都に来るたび恵梨香さんは僕の家に泊まってるし」

「じゃあセフレやん」

「ではない。なぜなら体の関係はないからだ」

　なぜだか僕はここで少し胸を張る。

「なのに家に泊めてるん？　なんで？」

「好きだから以外の理由、いる？」

　うわ、ますます気色悪い、と彼女は満足したように笑った。

「面白いから教えてあげたいけど、連絡先は知らんねん」

「じゃあ恵梨香さんの東京のお店の名前は？」

「なんやったっけ。変な名前、漢字四文字」

彼女はものすごく偏ったヒントをくれた。こんな難しいクイズ、雑学王でも解けない。

「もう少し思い出せへん？」

「もん、なんとか。もが頭につく」

門前雀羅？　まさか、僕らの宿と同じ名前？　尋ねると彼女は首を横に振った。

「それやないな。似てた気いするけど」

お礼を言って帰りかけ、階段を最後まで降りきって立ち止まる。振り返ったら、彼女はまだ階段の一番上で僕を見ていた。

「ごめん、もう一個だけ教えて」

さっきのギター男の次のライブの日程を聞いたら、ロック少女は壁際に置いてあるちらしを指さした。

「そのライブスケジュールで、エンプティボディってバンド探して」

僕はもう一度お礼を言って、ちらしを一枚手に取った。エンプティボディ。意味、空っぽの体。寒気がするほどださいバンド名だ。どんな音楽をやっているのか不安になる。

「それからな、一応言っとくけど。最後にもう一個だけ教えてって言葉の後に続いて許されるんは『きみの名前を教えて』だけやからな。覚えとき」

彼女はそう言って、重そうなライブハウスのドアを開け、中に入っていった。

夕食　＝　缶珈琲と喫茶マドラグの卵サンド　＝

家に帰って少しだけ眠ってシャワーを浴びて、門前雀羅へ向かった。頭の中が熱っぽくて頬が火照っていたけれど、体は異常に元気だった。怒り。それこそが人間の原動力だ。そうだ。僕は怒っていた。自分に対して。恵梨香さんに対して。人生に対して。この世のすべてに対して。今僕が地球滅亡スイッチを持っていたとしたら、押してしまっていたかもしれない。

引き戸を開け中に入ると、帰り支度をすっかりすませた佑太郎が不機嫌そうな顔で僕を待っていた。

「遅いで。五分遅刻や」

遅刻癖のある人に限って、他者の遅刻には厳しい。僕はごめんごめんと繰り返し、タイムカードを押した。

「なあ佑太郎、門前雀羅に似てる四文字の言葉って知ってる？」

「門前成市《せいし》。門前仲町《なかちょう》」

早口でそう言って、佑太郎はあっという間に宿を出て行った。たぶんデートの約束があるのだろう。佑太郎は、声をかけてきた女の子の誘いを絶対に断らないから、週に三度は知らない女の子とデートしている。割り勘だとしてもデート代馬鹿にならへんやろ、そう言ったら、うちの爺さん、めっちゃ小遣いくれんねん、と言ってにやっと笑った。あまりに堂々としているので、二十五にもなってお小遣い貰ってるのか、と突っ込むことはできなかった。

門前成市は門前雀羅の対義語だ。意味は「人が多く集まっていること」。ちなみに門前雀羅は、門の前に雀がいっぱいいるくらい暇な状態、つまり閑古鳥が鳴いていることを意味する。なんだってそんな名前をつけるのかと開宿前に佑太郎に聞いたら、佑太郎は「語感」とだけ答えた。佑太郎も四男なのに太郎が付く名前を付けられているし、そういう、語感や五感で物事を決める考え方の家系なのだろう。

フロントの椅子に座り、店のパソコンを立ち上げ検索を始める。「東京、バー、門前成市」。該当なし。「東京、バー、門前仲町」今度はすごい数のお店がひっかかった。門前仲町は東京の地名だから、門前仲町にあるバーが全部ひっかかったのだろう。地名を店名にする飲食店はないだろうから、たぶんこの中にはない。ため息をついて、検索画面を閉じる。

携帯のライン画面を開いた。恵梨香さんに僕が送った阿呆なスタンプは、まだ既読になっていなかった。もしかしたらもう二度と既読にならないかもしれないと思った。ショックだったけれど、驚きはしなかった。

恵梨香さんは僕の人生に突然に現れた。

そして突然に去るのだろう。二人をつないだ縁を切るその権利は、彼女のほうにだけあるらしい。

誰もいない宿の静けさが耐え切れず、リモコンに手を伸ばしテレビをつけた。夕方のニュースが始まったばかりだった。冒頭のニュースで画面に映ったのは、外国のまだ少し肌寒そうな景色だった。

ロシアの都市サンクトペテルブルクのモスクで、銃乱射事件が起こりました、と、灰色の背広を着たキャスターが硬い表情で言った。七人が死亡、十六人が重軽傷を負い、犯人の白人少年は警察官により射殺されました。テロの疑いもあり、現在捜査中です。僕はテレビ画面の中の、黄色いテープに囲まれて物々しい雰囲気を醸すモスクの様子に息を呑む。テロ。その短い言葉の重みに、背筋がぞっとする。

小さな、地味な建物だった。ロシアの宗教施設は正教会と呼ばれる玉ねぎ形の屋根のイッツ・ア・スモールワールドみたいな色彩のものばかりだと思っていた。イスラム教のモスクもあるのか、と少し驚く。

なにに対するテロなのだろう。

ロシアにも移民が多いと聞いたことがある。僕はパソコンを立ち上げ、ロシアについて調べてみる。幾つか眺めていると、十年位前の宗教学教授の、ロシアにおける宗教についての文章がひっかかった。

そこには、ロシアの人口の六・五パーセントがイスラム教徒であると書いてあった。国民の大部分はキリスト教の正教信者だ。それでもその二つは共存できており、宗教が対立を生まないモデルになる国家である、ともある。人と人は分かり合える、そう思うから戦争が起こる。それはただの理想で幻想だ。人と人は分かり合えない。その事実を理解しさえすれば、殺し合いは起こらない。「分かってくれない」。そのことを当たり前だと思うことが大切だ、自分の「普通」を疑うべきだと、その文章は締められていた。

論文と言うほど堅苦しくはなく、宗教学や哲学のなんたるやも知らない僕でも読めるような簡単なレポートだった。著者の名前はレスラー・フリット。アメリカの大学教授らしい。有名な人なのだろうか。

まったく知らない人だけれど、フリット教授はいいことを言う。まったくもって、世界は不寛容に包まれている。

ため息をつき、パソコンを閉じる。

「分かってくれない」を当たり前だと思うこと。

それが簡単にできるのであれば戦争も殺人も色恋沙汰もなくなるだろう。でも無理だ。人間は、分かって欲しいという欲求の塊だ。少なくとも僕は。

机上の空論はいつだって美しい。

ため息をついたとき、門前雀羅にロシア人のお客がいると佑太郎が言っていたことを思い出す。宿泊者名簿を開いてそれらしき人を探す。昨日のページに、МАКСИМ・АБИТОВА Russia と書いてあるのを見つけた。名前の下に、パスポートのコピーが貼ってある。白黒コピーだから、そこに写っている人の顔が若いか年寄りかすら判別できなかったし、パスポートの住所どころか名前の読み方すら僕には分からなかった。彼は今どこにいるんだろう。このニュースを知っているだろうか。教えてあげたほうがいいだろうか。

そういえば佑太郎は、東日本大震災のとき、二番めの兄とインドネシアにいたと言っていた。

夕ご飯を食べるために入ったお店の人にネットニュースを見せられ、驚いた二人はすぐにホテルに帰った。衛星放送の日本のニュース番組を見ながら一晩中震えていたそうだ。佑太郎の兄は優しい人で、テレビ画面の中で流れていく街並みを見ながらぼろぼろと涙をこぼしていたという。

「そんで俺ら慌てて日本帰ったのに、京都はみんな他人事やったな。東日本の人は大変やなー、くらいの感じで。遠くの国にいた俺のほうがよっぽど被害状況に詳しかったわ。でも仕方ないよなあとも思った。神戸の震災のときこっちがどんだけ大変だったかとか、関東のやつらもぜんぜん知らんもんな。お互い様やな」

佑太郎の兄はその後ボランティアに目覚め、今はカンボジアで地雷を撤去する活動をしているらしい。京都大学をかなりいい成績で出た一族期待の星だったらしく、親御さんはまだ彼を許していないそうだ。

神戸の震災のとき、僕は北関東の実家に住んでいた。子供すぎてほとんど記憶にないから、なにも言い返せなかった。東日本大震災のときも、やっぱり実家にいた。東京が停電したと聞いてすごく驚いたことだけ覚えている。平穏は永遠じゃないと、あのとき思い知ったのだ。

そうだ、だからこそ。

もう一度恵梨香さんに会わなければ。

次の地震が来たとき、生き延びられる自信がない。明日僕は死ぬかもしれない。明後日彼女は死ぬかもしれない。だから今立ち止まっている暇はない。会いたい人には、会いたいときに会わねばならないのだ。

パソコンをもう一度立ち上げた。

東京中のバーを調べてみせる。どんなに大変でも、どれだけ時間がかかっても。その中には必ず、頭に「もん」がついて漢字四文字で、朝鮮人参焼酎を出す店がある。そしてその店には、恵梨香さんがいる。

従業員用のミニ冷蔵庫を開け、中から缶珈琲を出した。

僕のではなく佑太郎が買いだめしているものだけれど、一缶くらい減っていたところで気づくまい。今の僕にはカフェインが必要なのだ。ラップに包まれた食べかけの卵サンドがあったので、ついでにそれも貰った。僕にはカロリーも必要だ。

京都の卵サンドは、ゆで卵ではなく厚焼き卵が挟まっているものが多い。これはたぶん、二条城近くにある喫茶マドラグのサンドイッチだろう。厚さ五センチはありそうな薄塩味の卵に、パンに塗られたマヨネーズとケチャップが合う。

恵梨香さんは今、なにをしているだろうか。ほんのすこしくらいは僕のことを考えてくれているだろうか。ほんのすこし。せめて一秒くらいは。

卵サンドを口いっぱいに頬張りながら、そういえばずいぶん長いこと阿闍梨餅を食べていないなあ、と突然思った。

昼食 ＝ロシア製アリョンカチョコレイト＝

夜中のうちにリストアップした①都内②「もん」がつく③漢字四文字④韓国料理を出す⑤

朝鮮人参焼酎を置いてある、という五つの条件のうち、④まではネットで調べることができた。四つの条件を満たしたお店は六軒しかなかった。⑤についてはホームページにすべてのメニューが載っているかは分からなかったので、開店時間を待ってその六つに電話をかけた。朝鮮人参焼酎のある店は一軒もなかった。

はたして世の中すべての店がネットに載っているのか疑問だが、恵梨香さんの物言いでは、わりとちゃんとしたお店のようだった。だとしたら、検索で一件もひっかからないなんてことはないだろう。

一瞬途方に暮れかけたがすぐに気を取り直す。あのライブハウスのパンク少女が、店名を聞き間違えている可能性もある。「もん」じゃなく「むん」かもしれない。「もとかもんとか」と言っていたような気もする。四文字熟語じゃないかもしれない。でも東京にあり、韓国料理を出す飲食店であるというのは僕が恵梨香さんから聞いたことだから事実だ。そしてたぶん、店で朝鮮人参焼酎を出していることも。

大丈夫。東京の飲食店は有限だ。絶対に見つかる。見つける。

三時間かけて、東京中の韓国料理を出す店に電話した。

朝鮮人参焼酎があるか、の問いに「はい」と答えたのは一軒だけだった。世田谷にある「韓国料理バー　盲亀浮木」だ。電話に出た女性は大変に感じ良く、僕は七回もお礼を言って電話を切った。

盲亀浮木。もうきふぼく。「も」がついている。意味は「なかなか出会えないこと」。変な名前の店だ。でもなんだか、恵梨香さんに似合う名前だとも思った。頭が妙に冴えている。丸一日以上眠っていないのにちっとも眠くなかった。脳内物質の過剰なる分泌による興奮状態のせいだろう。

このまま東京に行こう、そう思った。

心が萎えてしまわないうちに。正気を取り戻す前に。脳内物質の分泌が途切れる前に。自己嫌悪が訪れる前に。死にたくなる前に。自分のやっていることを、馬鹿馬鹿しいと思う前に。

荷造りをしながら佑太郎に電話をかけた。今日のシフトを休ませて欲しいと言うつもりだった。二人ともどうしても外せない用事があるとき（たとえば僕の法事と佑太郎の恋人との別れ話のこじれが重なったときとか）は、佑太郎の大学生の従弟とか共通の友人とかに宿を頼む。バイト代はいつもたっぷり払ったから、彼らはだいたい喜んでくれた。京都には、お金がなくて暇がたくさんある趣味人が多いのだ。今夜休みたい、なんていうのはさすがに急すぎて、佑太郎はいい顔をしないだろうけれど。

しかし意外なことに、電話口で佑太郎は、

「ええよ」

と即答した。そして、

「その代わり、頼みたいことがあんねんけど」

と、続けた。


門前雀羅のフロントには、佑太郎と、ソファに座る金色の髪の青年がいた。体が大きく彫りの深い顔立ちをしている。僕よりだいぶ大人びて見えるけれど、多分大学生だ。

出発の準備はすでにできているらしく、ソファの傍らには、高さ一メートルを超える巨大なバックパックがあった。これを背負って旅ができるんだから、バックパッカーの体力はすごい。

「彼、マクシム。オン、正臣」

佑太郎は青年と僕を順番に示し、言った。僕は家からここまでの道中に覚えたロシア語の挨拶をする。

「ドーブライディエン」

僕の「こんにちは」が通じたのかどうかは、マクシムの表情だけでは分からなかった。彼の顔は青ざめていて、表情筋は死んだように動かなかった。

　マクシムを関西空港まで送って行って欲しいというのが、佑太郎の頼みだった。

「昨日ロシアで銃撃テロあったやろ。あれな、マクシムの家の近くやったらしいねん。で、マクシムの恋人もそのモスクにいてたらしくて。病院に運ばれたらしいけど、まだ状況が分からへんねんて。だから旅を早めに切り上げて帰ることにしたらしいわ。話聞いてたら、なんか心配になってしもうてな。彼、日本語も英語もできひんし、チケットが日程変更不可のやつらしくて」

　だから空港カウンターまで行って、なるべく早くロシアに帰れるよう、ついでになるべく安い値段でチケット手配して貰えるよう交渉して来て欲しい、佑太郎はそう言うのだった。佑太郎はなんだかんだ優しいやつなのである。

「彼は英語も日本語も分からへんのやろ？　佑太郎、どうやってそこまでの会話したん？翻訳アプリ？」

「まあアプリも少し使ったけどな、だいたいは身振り手振りやな」

　さすが佑太郎。コミュニケーション能力の権化である。

　僕はマクシムについてくるようジェスチャーをする。彼は無表情のままうなずいて、ソフアから立ち上がった。

冷蔵庫のサンドイッチを勝手に食べたことを佑太郎に謝るのは、わざと忘れた。

京都駅八条口から、関西空港行きのリムジンバスに乗る。

ひとり二千五百五十円のバス代は僕が払った。あとで佑太郎に請求するから別にいいけれど、マクシムは財布を出す素振りすら見せなかった。

広いとは言えない三列式のシートに二人で並んで座る。百九十センチ近くあり肩幅も大きなマクシムは窮屈そうに体を縮めたけれど、僕には充分快適な広さだった。

マクシムはバスが走り出すとすぐに窓の外に目をやった。そのままじっと動かない。なにを考えているのだろう。自分が異国にいる間に大切な人が死んでしまうかもしれないということ、しかも不特定多数に対する一方的な憎悪に巻き込まれて。その可能性を想像するだけで、背筋が凍る。

なにか話しかけたかった。なにか話しかけなければいけないと思った。できるなら元気づけたい。でもなにを話したらいいのか分からないし、どうやって話しかければいいのかも分からなかった。アーユーオーケー？　と言ってみたら、マクシムは不機嫌そうに首を傾げた。

何故僕は自分の母国語でも相手の母国語でもない言葉で話しかけているんだろうと思ったら、

それ以上何も言えなくなった。

バスは静かに走り出した。その穏やかな揺れと振動に、睡魔という名のサンドマンがゆっくりと近づいてくる。

眠ってしまいたかったけれどそれはあまりに責任感がないような気がして、眠気を押し殺し目を見開いた。頭の芯がぼうっと熱い。

なにか飲み物か食べ物を買って来れば良かった。

僕がそんなふうに思っているのが伝わったのだろうか。マクシムは大きな体を丸めて手提げ鞄の中をごそごそとすると、一枚の板チョコを僕に向かって差し出した。

チョコと自分を指差し、「くれるの？」というジェスチャーをする。マクシムは真っ青な顔のままうなずく。ありがとうと言おうとして、ロシア語のありがとうが思い出せなくてもごもごしながらそれを受け取る。前面に、スカーフを頭に巻いた幼い女の子の顔が描かれていた。女の子はつるんとした肌をしていて、お人形みたいだった。

「マトリョーシカ？」

と言ってみた。数少ない僕の知っているロシアだ。マクシムは一ミリも頬を緩めず、

「ニェット、アリョンカ」

と答えた。どちらもなにを意味する言葉なのか分からずきょとんとすると、マクシムは僕

が手にしている板チョコのパッケージの女の子を指さし、アリョンカ、ともう一度言った。この女の子の名前かもしれない、と思い、僕も彼女を指してアリョンカ？　と言ってみた。マクシムはうなずきながら、

「ダー」

と言った。肯定の意味なのだろう。まだロシア語のありがとうを思い出せない。苦し紛れに、

「オブリガード」

と南アフリカかどこかのありがとうを言ってみた。ポルトガル語だったかもしれない。マクシムは表情を変えず再びうなずいた。言葉は伝わらなくとも、感情は伝わるものだ。

アリョンカちゃんを破かないように丁寧に封を開けて、板チョコを齧った。シンプルなミルクチョコレイトの味がした。日本製のチョコレイトとそんなに変わらない味で、食べやすかった。ひょっとしたら僕は今、人生ではじめてロシア料理（と表現していいか分からないけれど、ロシアの食べ物）を口にしたのかもしれない。

板チョコを齧りながら、アリョンカはこの子の名前ではなくロシア語でチョコレイトを意味する言葉なのかも、と思った。でも確認しようがなかった。マクシムはずっと窓の外を流れてゆく景色を見ていた。

二時間弱で、バスは関西空港に着いた。

ロシア行きだからアエロフロートかなと思って標識を指さすと、マクシムは中国東方航空の、赤と青の鳥のマークを指さした。

調べてみると、日本からサンクトペテルブルク行きの直行便はなかった。中国経由で帰ることになるようだ。

空港内の案内図を見ながら中国東方航空のカウンターを探す。きょろきょろとしていたら、マクシムがついてこい、とジェスチャーをして歩き始めた。僕が案内しなければならないのに、と慌てながらも、歩幅の大きい彼に置いていかれないよう小走りになる。

空港カウンターに着いてようやく僕の出番だと思ったら、マクシムはぺらぺらと中国語を話しはじめた。カウンター内の職員も中国語で返す。そうか、マクシムは中国語が話せたのか。それを知っていたら漢字で筆談できたのに。僕は二人が何を話しているのか理解できないまま、ただそこに突っ立っている。

僕は日本語と英語とフランス語と韓国語が少しできてマクシムはロシア語と中国語ができるのに、二人は意思疎通ができない。日本と中国と韓国とロシアはこんなに近いのに。不思議だな、と思った。世界共通語を作るべきだと思ったけれど、その志で作られたはずのエスペラント語を僕はひとつも知らない。

マクシムがカウンター職員に「謝々」と言うのが聞こえた。チケットは無事購入できたらしい。僕のできることなんかなんにもなかった。いつも通り突っ立っていただけだ。

荷物を預け保安検査場の前まで行くと、マクシムが何か言った。「ここまででいい」と言っているようだった。僕は、じゃあここで、とジェスチャーで示す。少し考えて、

「モウマンタイ」

と、言ってみた。数少ない知っている中国語だ。無問題。心配ないよ、という意味だったと思う。

マクシムは相変わらず無表情のまま僕をじっと見ると、いきなり僕を抱きしめた。強い力だった。体の大きなマクシムに抱き寄せられてびっくりして、体が固まった。マクシムはすぐに僕の体を離すと、僕の目を見て数回うなずき、保安検査場へ入っていった。さよならも言えないまま、あっという間に彼の姿は見えなくなった。

「さよなら」は、ロシア語で「パカー」だ。それは知っていたのに。

保安検査場に背中を向け、歩きはじめる。僕はいつだってなんにもうまくできない。彼の助けになるようなことは、何一つできなかった。誰かと別れるとき、僕はいつだって棒立ちなのだ。物語はいつだって僕の前を素通りする。

でも、そんな自分は今日でおしまいにする。僕は、僕の物語の主人公になるのだ。

ポケットの中にはアリョンカちゃんがいる。大丈夫。無問題だ。

マクシムの恋人はモスクにいてテロに巻き込まれたと言っていた。つまりマクシムの恋人はイスラム教徒だということだ。聞いてはいないけれど、ロシア人であるマクシムは正教信者である可能性が高い。信じる神様が違っても、人と人は愛し合えるのだということ。その事実は少しだけ、僕の心を楽にした。

そういえば、誰かに抱きしめられたのは久しぶりだな、なんて、ぼんやり考える。

国内線カウンターの位置を確認し、東京行のチケットを手に入れるための列に向かう。

どうしても彼女に会う。

彼女は僕を自分の人生から追い出すつもりなのかもしれない。でもそんなのは耐えられない。これから先の人生に僕を関わらせないなんて許せない。彼女は酷い酷い人だ。彼女に会わなければならない。そのためならなんだってする。そう決めた。心の中に燃えたぎっているこの気持ちが恋なのかどうか、もはや分からないとしても。ひょっとしたら恋よりも、憎悪に近いものだとしても。

ころす前の、わたしがころす人に会うことに成功した。

もちろん夢の中の話だ。

わたしたちは向かい合って立っていた。

その人はわたしを見て笑った。わたしあなたをこれからころすんですよ、そう言ったら、それが出会うということです、とその人は答えた。人と人は出会い、変わる。あなたに出会う前のわたしが死んでも、わたしは構わない。

ああわたしはその人を愛しているのだな、と、夢を見ているわたしは思った。映画を観ているみたいに、客観的に。

目が覚めた瞬間、その人の顔は忘れた。声も。背格好も。髪も。歳の頃も。性別さえも。でもなんだか気分が良かった。

ぐっと伸びをして起き上がった。窓辺に行き、カーテンを開ける。もう一生雨なんか降らないんじゃないかと思うくらい、晴れた空が広がっていた。

新婚旅行はロシアに行きたい、そう言ったら、彼は肩をすくめた。馬鹿にしたようなその仕草に、わたしは少しむっとする。

「なんでロシアなの」

彼に尋ねられ、わたしはどうにか彼の興味を引こうと言葉を重ねる。

「まだ見たことないものが見たいの。エルミタージュ美術館に行きたいし玉ねぎ屋根の教会も見たいし、本場のボルシチも食べてみたいし、アリョンカっていう有名なチョコレイトがあってそれをたくさん買い込みたいし」

わたしがロシアに惹かれる理由をつらつらと並べると、彼はさらに肩をすくめた。

「なんだ、そういうミーハー的な理由ね」

「ミーハー的？」

「いや、政治的、歴史的な背景を鑑みても文化的な側面からしても、日本とはまるで違う国だろ。日本との関係も危ういし。だからなにかの学びのために行きたいとかいうのかと思った。人間として成長するためとかさ。でもそんな理由なら別に、ロシアである必要がない。世界中見たことないものだらけだろ。チョコレイトなら大体どこの国にだってあるし」

彼にそう言われると、わたしはもうなにも言えなくなる。

ロシアに行きたい理由、本当はいくつでもある。政治的、歴史的にはよく知らないけれど、文化的には昔から好きなものだらけだった。チェーホフ、ツルゲーネフ、ドストエフスキーの小説たち。ゲオルギー・ダネリヤの『私はモスクワを歩く』やタルコフスキーの映画は、名画座で観て憧れた。大部分眠ってしまったけれど。

それに画家。わたしが一番好きな画家カンディンスキーはロシアの出身だ。彼の絵をはじめて見たとき、音楽が聞こえたような気がした。もちろん比喩《ひゆ》で、本当になにかが聞こえたわけではない。

カンディンスキーは自分の著書である『音階』に、こんなことを書いていた。

「バイオリン、重厚なバス、そしてなによりも管楽器が黄昏時のすべての力をわたしの意識の中で具現化した。私はすべての絵の具を頭の中で見た。色彩は私の目の前にあらわれた。私の目の前で、猛烈な、ほとんど狂気の線が描かれた」

彼には共感覚があり、音を見ることができたらしい。だから音楽を「見たままに」描いていたのではないか、というのはわりと有名な話だ。彼には音楽があんなふうに見えるのか、そう思ったらより憧れた。

それからロシア建築も好きだ。あの独特の色彩と形にうっとりさせられる。特に血の上の救世主教会がいい。名前の響きもぞくぞくする。眺めているうちにロシアの宗教にも興味を持ってしまい、大学生のときにロシアにおける宗教観についてのレポートを書いた。宗教学科でも哲学科でもないのになんでこの題材を、と教授に顔をしかめられ、レポートとは認められずに書きなおしを命じられた。悔しかったから宗教学者レスラー・フリットの論文としてネットにアップしてやった。ほんの悪戯心だ。もちろん、フリット教授なんて人は存在しない、架空の人物だ。話題になったりしたらどうしようとか思ったけれど、誰にも見つけて貰えなかった。ページビュー数も二桁止まりだった。

　そんな昔話を語る気にもなれず息をついたけれど、ため息すら彼には届かなかったようだった。彼はたくさんの雑学を知っているけれど、わたしのことはなにも知ろうとしない。わたしのことは、クイズに出ないから。ロシアのガイドブックはソファの脇に放り投げられ、存在しなかったものにされていた。

「じゃああなたはどこに行きたいの？」

「俺はね」

　のあとの台詞を、わたしはまったく覚えていない。彼は一体どこに行きたいと言ったのだったろう。

　ただそのとき、わたしの望みは叶わない、そう思ったのを覚えている。彼と一緒にいたら、わたしは行きたい場所に行くことすらできない。「彼がいなくなればいいのに」なんて言葉が頭に浮かんではっとして、慌てて頭を横に振った。

「出張から帰ってきたら、新婚旅行の場所を決めよう」

彼はそう言って、いつも通り家を出て行った。

それが確か、ちょうど一年前の話。


「俺ほんとに、古沢さんのこと客としか思ってないから」

と、突然キムさんが言った。

わたしはびっくりして、サムゲタンに餅米を詰める手を止める。キムさんはいつも通り換気扇の下で煙草をくわえている。でもその煙草に火はついていなかった。

「なんですか急に」

「いや、古沢さん、あれからランチに来ないだろ。それ、俺のせいだとか思われてたら嫌だから」

キムさんはそう言うと、がさがさとポケットの中をまさぐり、なにも見つけられないまま手を下ろした。ライターならレジの脇にあったのを知っているけれど、教えなかった。

あれから、というのはもちろんうちで三人で飲んだ一昨日の夜のことだ。結局どうなったのかといえば、家の前で缶ビールを一本飲み干したころに古沢さんから電話が来て「遅いけど大丈夫？」と言われて大丈夫ですすぐに帰りますと言って二分後に家に帰って、三人で缶ビールを二本ずつ飲んで、古沢さんの一人語りの家族の話を聞いて、じゃあそろそろとキムさんが言ってじゃあわたしもと古沢さんも言って、二人は連れだって帰っていった。あとにはビールの空き缶だけが残された。わたしは空き缶をゆすいで潰してゴミ袋に入れた。それで終わりだ。

　実際、わたしの家を出たあと二人がどこに行ってなにをしたのかは、知らない。知る必要もないのだろうと思っていた。でもそういえば昨日も今日も、古沢さんは店に現れていなかった。この半年で、二日続けて古沢さんに会わなかったのは正月と店の休暇以外でははじめてかもしれない。

「キムさん、古沢さんになんかしたんですか」

「してない」

「じゃあなんで古沢さん来ないんでしょう」

「ほら、俺のせいだと思ってるじゃん」

「思ってないです。なぜ来ないのかを、キムさんがどう思っているか知りたいだけです」

　そう言うと、キムさんは苦虫を嚙み潰したような表情で、渋々、という雰囲気をふんだんに醸しながら、言った。

「襲われそうになったんだよ、古沢さんに」

「それは殺されそうになったという意味ですか」

「いや、具体的に言うと肩押さえられてキスされそうになった」

「いつですか」

「だから、津秋ちゃんちに行ったとき」

「わたしのうちで？」

「帰り道。公園で。なにも言わずに暗がりで急にがばっと来られたもんだから、よけきれず、思わず」

「思わず？」

「手が出た」

キムさんは申し訳なさそうに、大きな体を縮こませた。

キムさんと古沢さんが男女の仲に、つまり性的な、あるいはその一歩手前の関係になったのではないかと危疑していたわたしは、意外な展開に思わず吹き出す。

「笑い事じゃねえよ」

キムさんは鋭い目でぎろっとわたしを見た。

比喩ではなく直接的な意味で、キムさんは古沢さんに手を出していたのか。それってつまり。

「つまり殴ったってことですよね」

「結果的にはそうだ」

恋愛関係を望む男性に迫ったら殴られただなんて、プライドがずたずただ。わたしが古沢さんだったらこの店に放火する。いや、プライド以前の問題として、体の大きなキムさんのパンチなんかくらったら、古沢さんの一人や二人、軽く吹っ飛ぶだろう。

「それはさすがに酷いです」

わたしが軽くとがめるようにそう言うと、キムさんは慌てて続けた。

「軽く当たっただけだよ軽く。古沢さん、俺に謝ってそのまま歩いて家帰ったし。でも気になるだろ。古沢さんが来ないの、俺のせいだと思う？」

わたしは眉間に皺を寄せ、わざと大きなため息をつく。キムさん以外の、どんな理由があるというのか。

それにしても、古沢さんはちゃんとキムさんに「なにかしちゃう」をしたのか。恋をした若者の直線的情熱のなんと恐ろしいことか。

「それで頼みがあるんだが」

キムさんは一歩前に出てわたしに近づき、言った。わたしは思わずファイティングポーズをとる。しかしキムさんはひるまなかった。

「古沢さんに会ってきて貰えないだろうか」

「キムさんが行けばいいじゃないですか」

「それができないから頼んでるんだろ」

アルバイト代割増しで出す、だから今すぐ行って来て欲しい。ランチタイムは俺一人で回すから。キムさんはそう言った。まあ、バイト代が出るなら行ってやってもいい。それに正直、古沢さんが心配だ。

わたしはうなずきながら、そういえば古沢さんの連絡先を知らないのだということに気づいた。

そうだった。わたしと古沢さんは、別に友達ではないのだ。

古沢さんはわたしの友達ではないし、キムさんはわたしの恋人ではない。なのにわたしはなにをしているのだろう。

そう思いつつ、古沢さんの通う女子大へ行った。

しばらく門の前に立って張っていたけれど、ドラマじゃあるまいしちょうど彼女が出てくるなんて確率は低い。学内へ入って探すことにする。門の脇には守衛さんがいたけれど、ちらりと見られただけで止められなかった。女子大生に見えたのかもしれない。そんなはずはないと分かりつつ、思わず口元が緩んだ。

そのまま中庭を通り、構内案内板を見て学生食堂へ向かう。うちの店に来なくなった彼女はどこでお昼を食べるのか。彼女は大食いだから食事を抜くということは考えられない。バイトして学費を払っていると言っていたから、外食も控えたいだろう（うちの店に来ていたのはキムさんが目当てだったわけだから例外）。だとすれば、お昼どきの今、学食にいる可能性が高い。

十二時を過ぎたばかりの学生食堂は、空腹にあえぐ学生たちでいっぱいだった。体育館が丸ごと入りそうな広いスペースの中に丸テーブルと椅子がずらりと並んでおり、そのほとんどがうまっている。女子大だから当たり前だけれど、すべてが若い女の子たちだった。カレーだのたぬき蕎麦だのの匂いの中に、若者特有の甘酸っぱくさいにおいが混じった空気がこもっている。

この中から古沢さんを探さねばならないのか。見つかるだろうか。いやその前に彼女は本当にここにいるのか。目を皿のようにして学食内を見渡す。

しかしその心配は全くの杞憂で、すぐにぎょっとするほど真っ赤な服を着た人の後ろ姿が目に留まった。しかもその人は、肩に黄色と黒のしましまのストールをかけている。あんな奇天烈な色の合わせ方をする人が、世界に二人もいるとは思えない。

人波をかき分けてその人に近づき、声をかけた。振り返ったその人は、やはり古沢さんだった。

「あれ、津秋ちゃんどうしたの」

「古沢さんに会いに来たんです」

「すごい、よく見つけたね」

本当、古沢さんの服のセンスが独特なおかげです、と思いながら彼女の横に座った。

「座っていいですか」

「もう座ってるじゃん。なに」

「話があって」

「だからなに」

今までと立場が逆だ。なにから話せばいいだろう。言いあぐねて口ごもる。

古沢さんの前に置いてある弁当箱を見る。おにぎりとから揚げと春巻きとポテトサラダが入っていた。この間うちに持ってきてくれたメニューとほとんど一緒だ。

「ええと、お店に来ないなあって思って」

「それで？」

「心配になって」

「それでわざわざ来てくれたの？」

古沢さんは箸を置き、わたしの方へ顔を向けた。

古沢さんの顔を正面からとらえたわたしの口から、思わず「ひいっ」と声が出た。わたしが座ったのと反対側の彼女の頬に、大きな湿布が貼られていたのだ。

「それ、キムさんに？」

わたしがそう言うと、なあんだ、やっぱり知ってるのか、と古沢さんは言った。

「そう、キムさんに殴られたの」

わたしは言葉をなくし、彼女の顔を見つめる。軽く、なんて嘘じゃないか。いくらとっさにとはいえ、体のサイズが一回り小さな、自分よりも圧倒的な弱者を殴るなんて最低だ。わたしはキムさんへの怒りに体が震えてくるのを感じる。やっぱり古沢さんは店に火をかけるべきだ。

「あ、心配しないで。そんなに痛くないから。これはなんていうか、牽制というか、勲章というか」

牽制と勲章が同時に存在することを理解できぬまま、はあ、とうなずく。彼女からは、深刻そうな空気は一ミリも感じ取れなかった。

「津秋ちゃん、キムさんから様子見に派遣されてきたのか。なんだ、心配してくれたのかと思って嬉しくなって損した。じゃあちょっと待って」

古沢さんは鞄からノートとペンを出した。

「なにを書くんですか」

「手紙。しばらく時間がかかるから、これ食べてて」

差し出された箸を思わず受け取る。古沢さんは、弁当箱をわたしのほうへ押しやり、ノートになにやら文字を書きつけはじめた。わたしは所在なく箸を握り締めて、また周囲を見回した。

そういえば、こんなにたくさんの人間に囲まれるのは久しぶりだ。毎日、店と家との往復だけで、それ以外はなにもしていなかった。この人たち全員をわたしは知らないし、彼らもわたしのことを知らない。ここはわたしのテリトリーではない。たとえばこの中に変質者とか人狼とか銃を構えたテロリストとかが紛れ込んでいたとしても、わたしには分からないのだ。思わず身震いする。

でもここは古沢さんにとってはテリトリーのはずだ。なのにどうして彼女は一人でお弁当を食べていたのだろう。

古沢さんはひょっとして、学校に友達がいないのだろうか。確かに、こんな奇天烈なファッションに身を包んだ彼女と気が合いそうな人は一人も見当たらなかった。お行儀の良さそうな、全員見分けがつかないほどに同じ服と同じ化粧と同じ髪型の学生ばかりだ。孤独っぽい人だけが孤独なわけではない。ときとして孤独は、黄色と黒のしましまのストールにくるまれていたりするものなのだ。喪服の女だけが、喪に服しているわけではないように。それを、まだ二十歳やそこらの彼女らは気づいていない。

わたしは箸を春巻きに突き刺して口に運んだ。皮がしなしなで、この間の夜に食べたのと同じ味だった。

やっぱりこれは冷凍食品だ、と思った。

誰かの作ったご飯を食べるということ。

人間は食べたもので、内臓や血液や爪や髪の毛や、精神状態や、健康や、命の長さが作られる。

わたしは今週すでに二回、古沢さんの作ったご飯を食べた。

わたしの体は少しだけ、古沢さんと近しくなったのかもしれない。

体だけの関係。心は今も遠いままだけれど。

古沢さんから預かった手紙（というかノートの切れ端）をキムさんに渡した。

キムさんは四つ折りにされたそれを丁寧に開き、眉間に皺を寄せてあっという間に読んだ。殴るなんて最低今日はキムさんと口きかない、とさっきまで思っていたはずなのに、好奇心を抑えきれず尋ねてしまう。

「なんて書いてあるんですか」

キムさんは、ふう、と息をついた。

「金を払えって」

「それってつまり」

「脅迫だな」

キムさんはそう言って、わたしに手紙を差し出した。

昼食 ―― 横浜崎陽軒のシウマイ弁当（シュウマイではない）――

新横浜駅のホームに新幹線が滑り込む。

指定席の窓際に座って窓の外を眺めていると、古沢さんが小さなスーツケースを引きずり

ながらやってきた。わたしの姿を見留めると、

「よ」

と、軽く片手をあげる。左頬に貼られた大きな湿布が痛々しい。

「どうも」

とわたしも片手をあげる。

古沢さんはコートも脱がずにわたしの隣の席にいったん腰かけてから（例の裸に見えるコートだ）、席交換してくれる？　と言った。

「ほら、うちきょうだい多いから窓際ってなかなか座れなくて。いい？」

わたしはうなずいて席を立ち、古沢さんと入れ替わる。すれ違ったとき、古沢さんからは香水なのか体臭なのか分からない甘酸っぱい匂いがした。ああそうか、古沢さんも若者だったんだ、と思い出す。

古沢さんからのキムさんへの手紙は、一応今日も鞄に入れて持ってきている。預かってくれ、そうキムさんに言われたときは驚いた。けれど、

「こんなもん香子に見つかって変に勘繰られても嫌だし、捨てるのもなんだろ」

と言われてみれば確かにそうで、では責任を持って、とお預かりしたのだった。読んでもいいとの許可を貰ったので、その場で読んだ。『奥様と別れてください。そうでなければ、

慰謝料として金四万円払ってください』手紙にはそう書いてあった。

四万円。脅迫にしては、なんだか微妙な金額だ。

その後、キムさんに古沢さんへ渡す四万円を託され、わたしは再び彼女に会いに行った。古沢さんはそのお金を指に唾をつけて何回も数え、太陽の光にかざし透かしを確認した。そしてようやくそれが四枚の一万円札であることを認めると、このお金で旅行をする、と言った。

「いってらっしゃい」

「津秋ちゃんも行くんだよ」

「二人でですか？」

「そう。この問題の発端は津秋ちゃんであるわけで、だから責任を持って一緒に来なさい」

彼女はそう言ってスケジュール帳を開き、で、いつにする？　とわたしの顔を見たのだった。責任？　わたしに責任ある？　と考えているうちに、旅行日程は決まっていた。

かくして、わたしは今、古沢さんと一緒に京都行きの新幹線に乗っているのであった。

発端がわたしである、というところには大きな異論があるわけなのだけれど、バイトの休みを求めたらキムさんもすぐに承諾してくれたし（理由を言ったら、是非行ってこい、と言った。是非。是非。是非。って）、そういえば旅行なんてずいぶん長いこと行っていないなと思ったのだ。しかも行き先が京都だという。春先に京都旅行だなんて、素敵じゃないか。

ちなみになぜ行き先が京都なのかと尋ねたら、

「うちきょうだい多くて貧乏だったから修学旅行に行けなかったの。中学も高校も。だから京都行ったことないんだよねわたし」

と、古沢さんは答えたのだった。

古沢さんは窓際の席に座ると、手にしていたビニール袋から弁当の箱を二つ出し、どっちがいい、とわたしに聞いた。崎陽軒の、シウマイ弁当とチャーハン弁当だった。どちらも食べたことがあるようなないような気がして、選びきれずおろおろしていると、時間切れ、と言ってわたしにチャーハンのほうを渡した。

「今日もお店に出たの」

聞かれたのでうなずいた。サムゲタンの下ごしらえだけしてバイトをあがった。

そういえば、店に出てすぐに電話が来た。そちらに朝鮮人参焼酎置いてありますか、と電話の向こうの男は言った。「はい」と答えるとほっとしたように息をつき、ありがとうございますと何度も言って、その人は電話を切った。変な電話だったな、とぼんやり思い出す。

「なんでシウマイなんだろうね、シュウマイじゃなくて」

古沢さんが弁当をくるむ黄色い包み紙を眺めながら言った。

「崎陽軒の社長が栃木出身で『シュウマイ』を『シーマイ』と言っていて、それを聞いた中国の人が本場の発音に似ていると褒めたそうです。それ以来崎陽軒はシュウマイではなく『シウマイ』になりました」

「なんでそんなこと知ってるの」

「彼が、あの、わたしが婚約している人が言ってました。あだ名が雑学王で。クイズ研究会に入ってたんです」

　わたしがそう言うと、古沢さんはなぜか少し表情をゆがめた。でもすぐに、普段の顔に戻った。

「そうなんだ。だったらいっそ『シーマイ弁当』にすればいいのにね」

　そう言いながら、古沢さんは弁当のふたを開けた。独特の強いにおいが鼻に届く。

「新幹線でシュウマイ食べていいんですっけ」

「なんで駄目なの？　美味しいよ」

「蓬莱《ほうらい》の豚まんは禁止なんですよね？　たしか」

「豚まんとシュウマイは違うし。においなんか目に見えないからいいじゃん」

　においが強い食べ物は周囲の方に迷惑、と言おうとして、そうだわたしは古沢さんみたいに自由になりたかったのだ、と思い直す。人の目なんか気にせずに生きよう。せめて一泊二日くらいは。

「でもそういえば聞いたことあるな。匂いとか味が見える人がいるんだってね。この鶏肉は味が尖っている、匂いも赤くて太りすぎている、みたいに言うんだって」

「共感覚ですね。特殊な知覚現象で、文字に色が見えたり、味に形を感じたり。色が聞こえる色聴なんてのもあります」

「詳しいね、津秋ちゃん。それも雑学王が？」

「いえ、知り合いに一人そういう人がいて。画家のカンディンスキーとか、作家のウラジミール・ナボコフとかがそうだったらしいです」

　もっと詳しく彼女の話をしたかったけれど、さすがに古沢さんにすべきではないかも、と思い直す。

「ナボコフってロシアの作家の？　『ロリータ』書いた」

　古沢さんは、ナボコフのほうに食いついてくれた。

「そうです。彼は文字に色を感じる共感覚者で、pは青い林檎の色、wはやや紫がかったくすんだ緑色に見える、と言っていたそうです」

　へえそんなの大変だ五感だけでも手一杯なのにこれ以上増えたら面倒くさいね、と言いながら、古沢さんはご飯を口に頬張った。シュウマイのにおいと古沢さんの甘い体臭が混ざって、新しいにおいを作る。古沢さんの単純さはとても気持ちがいい。ときどき馬鹿に見えるけれど。

　わたしも弁当の封を開ける。綺麗に並んだシュウマイが六つ、それから卵の黄色が散らばったチャーハンが見えた。綺麗なお弁当、と思う。わたしに色は聞こえないけれど、このお弁当の奏でる音楽は、きっと気に入る。

「今日はありがとうね、付き合ってくれて」

　ぱちんと音を立てて箸を割ったら、突然、古沢さんが言った。わたしは慌てて背筋を伸ばす。割り箸は上手く割れていなかった。

「いえ、古沢さんと京都に行くって言ったら、キムさんが店のシフト変えてくれたので」

　ああそう、と古沢さんは無表情でシュウマイあらためシウマイを口に放り込んだ。

「あの、聞いていいですか。なんであんな手紙を書いたんですか？　慰謝料払えなんて、普通ひきますよ」

　古沢さんは口をもぐもぐとさせながらちょっと待ってとジェスチャーで示し、口の中のすべてのものを飲み込んでから、答えた。

「津秋ちゃんは、好きな人に全く相手にされないと知ったとき、せめて嫌われたいと思わない？　どうでもいいと思われるくらいなら、憎まれたり、殺してやりたいと思われたくない？」

　少し考えてみる。好きな人に嫌われるのは、わたしは嫌だ。

「わたしはむしろ、綺麗さっぱり忘れさられたいです」

「まあそれもちょっと分かるけど。つまりわたしは、恋をした人間となあなあな関係になんかなりたくないわけよ。ときどき会ってなにもなかったふうを装って、『元気？』なんて言いあってさ、そういうのつまんないと思うわけ。元彼は全員友達、とか馬鹿みたい。うっすい恋愛してんじゃねえよって思っちゃう」

「なんだか急に口が悪いですね、古沢さん」

「当たり前だ。こっちは失恋直後だ馬鹿野郎」

　それは、分かるような、分からないような、気がした。

「でもじゃあキムさんのことは、もういいんですか」

「もういい。吹っ切った。あの人とはこれから先もう一生会うことはない。スンドゥブももう食べない。わたしをいらない人のことはわたしもいらない。だから、津秋ちゃんにあげる」

「なんでわたしに？」

「別にいらないならいいけど」

「いるもいらないもないです。キムさんは香子さんと結婚してるし」

「結婚ていうのは絶対じゃないよ。日本の離婚率知ってる？　三十五パーセントだよ？　もうすでにキムさんの三分の一は離婚してるようなもんじゃんか」

「その論理は意味分かりません。それに、そうだったとしてもいらないです。わたし、結婚の約束した人がいるって言いましたよね」

古沢さんは口元に不思議な微笑みを浮かべてから、二個目のシウマイを口に入れた。

「わたし、ずっと津秋ちゃんはキムさんが好きなんだと思ってた」

「え、心外です」

「キムさんも津秋ちゃんが好きなんだと思ってた」

「それも心外」

「だって、二人はなんだか特別に親しいように見えるよ」

もう一度、心外、と言おうとして、やめる。

わたしとキムさんは特別に親しい。

それはそうかもしれない。わたしは、キムさん以外の人と、今、連絡を一切取り合っていない。だってみんな、わたしのことを哀れむから。哀れまれるのはなんだか疲れるから、わたしはキムさん以外の人と話をするのが嫌になってしまったのだ。

そういえば彼女も言っていた。彼とあなたはきっと、前世で親子だったのね、って。それも、幼いころに生き別れた親子。だからあなたたち、一緒にいられるのが嬉しいのよ。

前世。そんなの信じていないし、信じる人は馬鹿だと思う。けれどすがるものがなにもないとき、人は月に祈ったり壺を買ったり玄関前に塩を盛ったりしてしまうものだ。それに比べれば、馬鹿になるくらいなんでもない。タダだし。

前世があるなら、きっと来世もある。どうしてわたしは彼女に聞かなかったんだろう。死んだ人は、どれくらいで生まれ変われるのですか？

「そういえば古沢さん、病院には行かなかったんですか」

「行かないよ。なんで？」

今度は口にシウマイを入れたまま、口元を隠して古沢さんは答えた。

「だって、顔。痣になっちゃってるんでしょう？」

「なるわけない。ちょっと手が当たっただけだし」

「え、でも湿布」

「言ったじゃん。牽制と勲章だって。キムさんに見せつけてやりたかったの。でも結局、キムさんは会いに来てくれなかった。今日だってひょっとしたら津秋ちゃんの代わりにキムさんが来るかもって思った」

「あ、ごめんなさい」

そうか、そういう駆け引きがあったのか。だからキムさんはあんなに強く、わたしに行けと言ったのか。まったく気がつかなかった。

「津秋ちゃんのせいじゃない。それに、もうどうでもいい」

そう言いながら、古沢さんはぺろりと湿布をはいだ。日に焼けた健康的な肌が現れた。そこには痣などなく、爪でひっかいたような細い傷が一筋頬についているだけだった。

わたしはぽかんとして古沢さんを見た。古沢さんはまたシウマイを口に入れた。好きなものを先に全部食べるタイプなのだろう。きょうだいが多いから。

「キムさんに殴られた痕は」

「だからこれ」

古沢さんはその、ほんの一センチほどのひっかき傷を指差した。

「痛いですか」

「もう治りかけだから痒いよ」

いや、痒いのは湿布貼ってたからかも、と古沢さんはむすっとした顔で言った。

この傷で脅迫されたのか。そうだとするとさすがにキムさんが哀れだ。金額が少なかったことだけが救いだ。

「古沢さん、ヤクザですね」

「ヤクザなんかより、恋する人間のほうがぜんぜん怖いもんよ。情緒が乱れまくってるし」

　恋する人間はおしなべて鉄砲玉だからね。

　古沢さんはもう口元を隠すこともやめ、口いっぱいにご飯を頬張ったまま言った。わたしがもしももっと責めたら、頬のではなく心の傷の慰謝料だよ、とかなんとか馬鹿げたことを言うのだろう、きっと。でも考えてみたら最初に手を出したのは古沢さんのほうなわけで、キムさんは自衛しただけだ。これが男女逆だったら刑事事件になっていてもおかしくない。賠償責任を負うべきはキムさんではなく古沢さんのほうだ。お金まで取られて、キムさんが可哀想だ。せめてお土産を買っていこう。阿闍梨餅以外の。

「ちなみになんで四万円だったんですか？」

「四十代男性の、一か月のお小遣いの平均金額だから」

　一か月くらい苦しんでもらえたらそれでいいのよ、失恋の復讐なんてものはね。古沢さんはそう言った。確かにそうだ。失恋なんて、一か月も苦しめば十分なものかもしれない。

　シュウマイあらためシウマイを口に運んだ。じんわりと肉汁が口内に広がった。

　この味の形を想像してみた。

　浮かんだのは、シウマイそのままの形だけだった。

古沢さんが予約しておいてくれた宿は、小さな古民家を改装した趣のあるゲストハウスだった。京都では、こういう建物を町家と呼ぶらしい。

「この季節の京都、ぜんぜん手ごろなホテルが空いてなくて。一泊五万以上なら空き部屋あったんだけどさすがにそれはまかなえないし。ここ、安いし評判良いし、キムさんのお店と名前が似てるから、きっと津秋ちゃんも気に入るよ」

などという謎理論を展開する古沢さんにわたしは口をはさめず、はあそうですか、と言って彼女の後を追い頭をぶつけないよう気を付けながらあめ色の低い引き戸をくぐった。午後三時過ぎ。チェックインにはちょうどいい時間だ。

京都簡易宿を名乗るそのお宿はしんと静かで、ロビーにはアンティークらしい古いソファが置いてあった。質素で、引き算が上手く、品がいい。東京人が思う京都像を見事に体現していた。ソファの前には引き戸と同じあめ色の古い木材で組まれたフロントデスクがあり、やたらと顔のいい若い男性が受付係として品良く鎮座していた。平安貴族の末裔か何かだろうか。

「すいません、予約した古沢です」

古沢様二名様一泊ですね、とその顔のいい受付係はいい、お会計をお先にお願いします、と言って金額を提示した。お財布を出そうとするわたしを手で制し、古沢さんは一万円札を出した。

「宿泊費は払いますよ」

「いいよ。津秋ちゃんにはバイト休んで付き合ってもらってるんだから」

「でも京都までの交通費往復二人分払ったら、四万円なくなっちゃったんじゃないですか」

「そう考えると、お小遣い制の男の人に京都不倫旅行は難しいね」

「そうですね」

「そう思ったらますますキムさんのことがどうでもよくなってきた。わたし慰謝料使い切ったから、夕ご飯は津秋ちゃんのおごりね」

ちらりと見た宿泊料は二人でも一万円でおつりがくる程度だったので、とりあえず引き下がる。古沢さんは、夕食はどの程度のものを想定しているのだろう。京都っぽい食べ物は、なんとなく高級なイメージだ。うどんくらいならいいけれど、京懐石とか湯葉とか言われたらちょっと困る。鱧とか寿司だったら現金が足りないな、カード持ってきたっけ、と少しだけ心配になる。

部屋の場所（男部屋女部屋男女混合部屋の三種類があり、我々が泊まるのは女部屋）と宿の仕組み（深夜零時以降に外出の際はフロントに声をかけること、風呂は近所のお風呂屋さんで済ますこと、トイレは共同であること、午後十時以降は部屋の中でお喋りしないこと、喋りたければフロントの前のソファですること、貴重品は持ち歩くことなど）を教えられ、荷物を自分で部屋に運んだ。

ふすまを開けると、八畳程度の和室があった。誰もいないが、他の宿泊者のものなのだろうバックパックがいくつか置いてある。わたしたちも、それらに比べれば随分と少ない荷物を壁際に置いた。ここに布団を並べてまったく知らない人たちと眠るのか。そう思うと不思議な気分になった。

古沢さんは財布やら携帯やらを小型の斜め掛け鞄に詰め替えながら、

「フロントのお兄さん、すごいハンサムだったね」

と言った。

ハンサム、などという絶滅寸前の言葉を二十歳そこそこの古沢さんが使うことに面白味を感じつつ、そうですね、とうなずく。

「津秋ちゃんはああいう人好み？」

「わたしは顔が整いすぎている人は苦手です。緊張するから」

「そうなんだ。じゃあ、わたし貰っていい？」

「あの人、キムさんと全然違うタイプじゃないですか」

好みのタイプなんてもんは流動的なものだよ、と古沢さんはまた謎理論を展開し、ささっと口紅を塗りなおした。

和室を出て再びフロントへ行くと、今度は金髪の青年がソファに座っているのが見えた。外国の人だ。彫りが深くて、澄んだ青い目としゅっとした顎をしていた。彫刻のようだ。あまりにも狭い世界に住んでいるわたしには、彼がどこの国の人なのか分からなかった。

古沢さんがこっそりと、

「なんなの、京都ってこんなに顔面偏差値が高い人ばかりなの」

とわたしの耳に囁いた。人の見た目に言及するのは下品だと思ったけれど言わなかった。

わたしも同感だったのだ。

京都観光の鉄板と言えば金閣寺か銀閣寺か清水寺《きよみずでら》、あるいは二条城に嵐山《あらしやま》に太秦《うずまさ》映画村なのだけれど、古沢さんはお寺ではなく喫茶店をめぐりたい、と言った。

「喫茶店なんて東京にもあるじゃないですか」

「全く同じものはないでしょう。それに、観光地はみんな混んでるし」

確かにこれは古沢さんの失恋旅行でありわたしはただの付き添い（そればかりか交通費宿泊費を払って貰っている）なのだから、文句など言えようはずがない。

「木屋町《きやまち》のソワレ、四条のフランソア喫茶室、烏丸三条のイノダコーヒ、鞍馬口《くらまぐち》のさらさ西陣、島原のきんせ旅館、河原町《かわらまち》の六曜社か六曜社地下」

と呪文みたいに喫茶店の名前を唱えると、さてどこから行こう、と張り切って古沢さんは歩き出した。

せっかく京都に来たのだから珈琲ではなくお抹茶が飲みたい。

などというわたしのささやかな願いは届きそうもなかった。

結論から言えば、古沢さんセレクトの喫茶店たちはすべて素晴らしかった。

一九四八年開店のソワレは店内が青い光で満たされ（染色家の上村六郎《うえむらろくろう》が「女性が綺麗に見える灯りを」とアドバイスしたことからその色の照明が使われているらしい）色とりどりに透き通るゼリーポンチがたまらなく愛らしかった。

ソワレから四条通りをはさんだ場所にあるフランソア喫茶室は文化庁の登録有形文化財指定の趣のある建造物で、バロック調の内装に見惚れながら飲む、店員さんがお砂糖を入れてくれるブラックコーヒーは甘くて苦くて雰囲気にぴったりだった。

　さらさ西陣は築八十年の銭湯を改装して作られたというカフェで、タイル張りの壁に囲まれていた。きんせ旅館は江戸時代後期（推定二百五十年前）に造られた建物で、その後大正後期に洋風に改装されたのだそうだ。一日一組しか泊まれない旅館で、その建物の一部でお茶が飲めるようになっていた。照明が薄暗く正面に座る古沢さんの顔すらぼんやりとしか見えなかったけれど、趣があって楽しかった。

「古沢さん、どうしてこんなに素敵なお店をいっぱい知ってるんですか」

　わたしが尋ねると、古沢さんはえっへんと胸を張った。

「昔、きょうだいの誰かが京都の喫茶店ガイドブックを貰ってきて、それをずっと読んでたんだよね。ほら、うち貧乏だったから同じ本何度も読むしかなくてさ。それ以来、喫茶店をやるのが夢になったの。そのためにバイトして貯金もしてる。今は経営についての本を山ほど読んで勉強しているところ」

　ほら、前に相談したじゃん、将来は飲食店をやりたいって。と、古沢さんは言った。

　そういえばそんなことを言っていたような気がする。すっかり忘れていた。申し訳なかった、と心の中で謝る。

「でも怖くないですか？　飲食店をやるってことは、他人の内臓や人生を作るってことですよ。毒殺だってできちゃうし」

「はあ？　津秋ちゃんの言ってることって相変わらず意味分かんない」

今いろいろ勉強中なんだよ、彼女はそう言いながら、鞄の中から経営学の本を出してみせた。

どうやら本気らしい。

「じゃあ今してるバイトって、喫茶店ですか？」

「まさか。飲食バイトなんかでお金貯まるわけないでしょう。学費も自分で払わなきゃだし」

「なんのバイトしてるんですか？」

「個撮」

こさつ、の意味が分からずきょとんとする。

「個人撮影。あのね、素人カメラマンと契約してモデルをやるの。一対一で撮るから、個撮。だいたい一時間契約で数千円から、高い場合は数万円貰えることもある」

「モデルって、服着てるやつですか」

「着てるやつもあるし、着てないやつもある」

最後に六曜社に行ってみたら、満席で入れなかった。もう充分喫茶店に行ったしお腹がたぷたぷだったけれど、古沢さんは行列に並ぶという。もちろんわたしはそれに従うしかない。

六曜社地下は雑居ビルの中にあった。名前に地下がつく通り、地下にあった。二階はライブハウスらしく、赤い階段が続いている。もしもこの階段の上で誰かに刺されて血を流しても、気づかれないような赤、と思った。階段の上の店から顔を出した若い女性と目が合う。彼女は、髪を金色に染めていて顔中にピアスをはめ、黒い口紅を塗っていた。ぎょっとして、思わずまじまじと見つめる。彼女はその視線が気に入らなかったのか、突然こちらに向かって舌を出し中指を立てた。わたしは驚いて、思わず目をそらし下を向いた。

「どうしたの」

古沢さんが、わたしの顔をのぞき込んだ。階段の上はもう見られない。こういう、知らない人からの突然の暴力に出会ったときは、きっと前世で敵同士だったんだ、だから仕方ない、そう考えて自分を納得させるしかない。

「すみません、ぼうっとしてました」

「会話の途中でぼうっとするってすごくない？　マイペースにもほどがあるよ」

ちらり、階段の上を見たら、もう彼女はいなかった。わたしはもう一度すみませんと謝って、古沢さんのほうへ話を戻した。

「古沢さん、一対一で、知らない人に写真撮られるの嫌じゃないんですか？　危なくないですか」

アイドルがストーカーやらファンやらに襲われて殺されたり殺されかけたりする事件が、ここ最近とても多い。人間は、好きな人を好きだからという理由で殺すことのできる恐ろしい生き物なのだ。

「危なくないこともない。ときどき変な人もいるしさ。でもまあ、お金払って来てくれるのは大抵ちゃんとした人だよ。それに思わない？　毎日生きていて、危なくない瞬間なんかない。電車が脱線するかもしれない。通り魔に刺されるかもしれない。大地震が来るかもしれない。歩道に車が突っ込むかもしれない。隕石が落ちてくるかもしれない。鷲が落とした陸亀が頭にぶつかって死んだ詩人もいるんでしょ？」

「アイスキュロスですね。あ、これも雑学王に聞きました。確かにいつ死ぬかなんて分かりませんけど。嫌じゃないんですか？　好きでもない人の前で裸になるの」

「だってお金が必要なんだものわたしには。津秋ちゃんはお金持ちだからそういうの関係ないかもしれないけど」

「わたしお金持ちじゃないですよ。古沢さんみたいな苦労話は持っていませんけれど、普通のサラリーマン家庭に生まれ育ったし。今だってアルバイト生活ですし。キムさんケチだから時給だって最低賃金ギリギリですよ」

「でも津秋ちゃん、慰謝料貰ったんじゃないの？」

慰謝料？

驚いて目を二、三度瞬かせる。

慰謝料って、なんの？

「ごめんね、わたしずっと知らなかったんだよね。キムさんに聞いてびっくりして。この間の津秋ちゃんちでの飲み会で」

慰謝料。慰謝料ってなんだっけ。そうだ、お金を貰った。彼の両親から。

「違う」

「え？」

「慰謝料じゃない。忘却料」

忘却料。忘れるための、忘れることを約束するお金。

「ああ、婚約者だと慰謝料とか保険金とかは貰えないのか。でも、立ち直れて良かったね。元気そうだもんね。わたし、津秋ちゃんにそんな過去があるなんてぜんぜん気づかなかったもん。もうすぐ一周忌なんでしょう？　キムさん言ってた」

一周忌。

一年前。

目の前のもやを、突然の大風が吹き飛ばす。

ああもう。だからキムさん以外の人と話をするのは嫌だったんだ。思い出したくないことを思い出してしまうから。

思い出したくなんかないのに。

考えたくないのに。

ずっと忘れていたかったのに。

ずっと忘れているつもりだった。

一年前、突然彼が死んだことは。

第六話　夕食　――サムゲタンとビールと朝鮮人参酒――

ＬＣＣで大阪成田間四千三百四十円のチケットを見つけ、一時間乗って成田空港に着いた。成田東京間は京成《けいせい》バスで二時間ちょっとかかったけれど、ほとんどの時間熟睡していたので、体感的には一分半くらいだった。渋谷まで出て時計を見たら、午後九時半をすぎたところ。とりあえずネットで近くのカプセルホテルの予約をした。カプセルなのにうちの宿よりも高かった。

グーグルマップで恵梨香さんのお店への行き方を調べて田園都市線に乗った。東京の地下鉄の朝のラッシュ映像をテレビで見たことがあったから身構えたけれど、ピークを過ぎた各駅停車には空席もあって、これなら一日中バスが混んでいる京都のほうがよほど大変だとなんだか妙な優越感を覚えた。

地下鉄に乗り込むと空気がひんやりと感じられる。もうクーラーが入っているのかもしれない。閉まったドアに寄りかかって、暗い窓の外を眺めた。

目的地である「韓国料理バー　盲亀浮木」は、電車に乗って一つ目の駅にあるはずだった。

さて、店に行ってどうしようか、と考える。

　勢いでここまで来てしまったけれど、恵梨香さんに会って何を言えばいいのだろう。考えたら緊張してきた。だいたい、本当に恵梨香さんはその店にいるのか？　いて欲しいのか？　それすらも分からなくて、嗅ぎ慣れない地下鉄のにおいもあいまってなんだか吐き気がこみあげてくる。

　渋谷からほんの数分で目的の駅に着いた。

　降りなきゃ、そう思うのに足が動かなくて、ドアが開きそして閉まるのを、ただ突っ立って眺めていた。


　今までの人生、好きになった人には必ず好きな人がいた。

　それこそ幼稚園の頃からそうだった。好きな人たちはみんな僕以外を好きで、ほんのたまに現れる僕を好きな子たちを僕はあんまり好きじゃなかった。

「俺は俺を好きな女なら全員好きになれるで？」

　と言い切る佑太郎のような人はきっと稀で、ほとんどの人間たちの恋は一方通行ばかりなのだろうと思う。そうじゃなきゃ、この世界にこんなに恋愛小説や恋愛映画がある理由が分からない。みんな不幸だから、他人の恋愛を見て「わたしよりはまし」とか「俺のほうがまだまし」などと思いたいのだろう。不毛だ。

　馬鹿みたいだけど僕は、「でもいつか」と心の底で信じてもいる。僕が好きになった人が、僕を好きになってくれる日がいつか来るのだろうと。ああこの人が正解なのだと思えるような人が現れることを。

　それまで僕はずっと、ただただ間違い続けるのだろう。いつか出会えるまで。いつか。もう二十代も半ばの男がこんなこと言ったら、きっとみんなひくだろう。でもひかれたって構わない。深淵を覗き込むとき深淵もまたきみを見ているのさ、みたいな有名な言葉があるけれど、だとしたら、僕が希望を見つめていれば、希望も僕を見つめ返してくれるかもしれない。

　いまの僕には、暗闇以外なにも見えていないけれど。

　田園都市線の二つ目の駅で降りた。

　三軒茶屋《さんげんぢゃや》。芸能人がよく目撃される場所だと、テレビのワイドショーで見たことがある。結局二十一世紀になっても、人間の情報の源はほとんどテレビだ。あとはネット。二十世紀とそんなに大きな違いはない。

とりあえず駅前にあるドトールコーヒーに入った。オレンジジュースを頼んで、窓際のカウンター席に座る。せっかく東京まで来たのにチェーン店に入ってしまうなんて冴えないけれど、今は「知らない場所」に行って不安になりたくなかった。京都のドトールはお店の看板が白いことが多いが、東京のは黒かった。

　窓の外をたくさんの人々が行きかっている。

　この中に、僕を知る人は一人もいないのだな、そう思ったら自分がこの世に存在しないもののような気がして、すん、と心が落ちついた。孤独。心地の良い孤独。それこそが旅の醍醐味なのかもしれなかった。

　後ろの席でお喋りをする若い女たちの声がとぎれとぎれ聞こえてくる。東京弁が懐かしくて、耳を澄ます。どこかの劇団の俳優について話しているようだった。その俳優が売れてみんなが彼のことを好きになったら嫌だから、なるべく売れないで欲しいと一人の女の子が言った。もう一人の女の子がそれを聞いて、でも売れなかったら彼は俳優をやめてしまうかもしれない、そしたらあなたも彼を見ることができなくなる、それでもいいのか、と言った。俳優を好きな女の子は、それでもいいと答えた。

「わたし以外の誰かのものになるくらいなら、世界から消えてなくなってくれたほうがましだ」

僕は振り返って彼女たちの顔を見た。なぜ見たのかは分からない。その考えは間違っている、とでも言うつもりだったのだろうか。それとも僕も同じ考えだと言うのか。

間違った考え方、なんてものがあるのだろうか。

間違った行動はある。でも、考えることぐらい自由なのではないか？　他者の死を望むことは自由だ。もちろん、実際に殺したら問題だ。でも考えることは自由だし、それを止めることはできない。僕は今だってゴキブリの滅亡を望んでいる。ある一つの種を、嫌いだからなんていう主観的感情で絶やそうだなんて、恐ろしいことだ。

だとしても、誰かをなにかを憎んだり殺したいと思ったりする権利を、僕らは持っている。それすら持てない綺麗ごとの世界では息が詰まる。

正直に言えば、学校で銃をぶっ放したコロンバイン高校の男子生徒の気持ちが、僕には少しだけ分かる。日本海にミサイルを撃ち込む北朝鮮の指導者の気持ちも。ジョーカーになったアーサー・フレックの気持ちも。好きだからなんて理由でアイドルをおそうストーカーの気持ちも。

視線に気づいた女の子たちが、僕のほうへ顔を向けた。ガラス玉みたいに澄んだ目をしていた。僕は何気ない振りで目をそらし、前を向いた。

僕は、恵梨香さんの死を望んでいる？

そうかもしれない。僕以外の人のものになるのなら、消えてしまって欲しいと思っているのかもしれない。本当は彼女は、出会う前から誰かのものだったわけだけれど。

喉が渇いていた。

オレンジジュースを一気にストローで飲み干すと、席を立った。大丈夫だ。まだストローは絶滅していない。でもきっといつか誰かが言う。「プラスティックストロー？　ああ、そんなものあったね、懐かしい」。あるいはいつか、博物館に飾られるかもしれない。失われた文明の一部として。

僕は僕の恋を失うだろう。その事実はきっと変わらない。でもだとしたら、その失い方くらい自分で決めたい。できることなら。

それがどんなに恐ろしい方法だとしても。

深い意味はない。深い意味はないけれど、駅ビルの中の調理器具屋で果物ナイフを買った。刃は七センチほどで、こんなに小さなナイフでは林檎をむくのも難しいだろうと思った。人殺しなんかとてもできない。こんなに小さなナイフでは。

グーグルマップに「池尻大橋　盲亀浮木」と打ち込んで、出てきたルート通りに歩いた。

三軒茶屋から池尻大橋はそう遠くなく、迷った時間を入れてもほんの一時間足らずで目的地に着いた。商店街を外れた住宅街の中に、その店はあった。

古いビルの一階に、木彫りの小さな看板が出ていた。白い塗料の塗られた壁に囲まれている。店内はあまり広くは見えず、ドアは木製で重そうだ。ガラス窓があったので、そこから中をのぞいてみた。テーブルと椅子がいくつか見えたが、人間の姿は見あたらなかった。誰もいないのかもしれない。このまま帰ろうかな、とふいに思った。京都行き最終電車は何時だろう。新幹線が無理なら深夜バスだっていい。とにかくここから離れるのだ。そしてもう一生恵梨香さんのことは考えない。

それはそれでいい気がする。そうだ、そうしよう。僕はなんだかほっとして、窓ガラスに背を向けた。

ドアが開いた。

背の高い、無精ひげの男が店の中から顔を出した。男は白い半袖のTシャツを着ていて、袖口から筋肉質なごつごつとした腕を自慢気にさらしていた。そんな必要はないのに、なんとなく自分の細い腕を体の後ろに回して隠す。

「いらっしゃいませ」

と、男は言った。もう後戻りできない。僕はなるべく横柄に見えるようにゆっくりとうなずいて、店の中に足を踏み入れる。

低くジャズが流れていた。照明も薄暗い。店内は清潔で、白い壁と木製の家具により形成されていた。思っていた「韓国料理」屋とは違っていて、どちらかというと小洒落たカフェバーのようだ。少しだけ気おくれる。

「お好きな席へどうぞ」

と男は言い、僕はおずおずと入り口に近い四人掛けの席に座った。四角いテーブルは木製の一枚板で、木目が美しい。僕ら二人以外、客も従業員もいなかった。

とりあえずビールを頼んだ。

男はすぐにビールを持ってきた。ジョッキではなく細長いうすはりグラスだった。下に敷かれた四角いコースターは鈍く金色に光る真鍮《しんちゅう》製。洗練されすぎていてまたさらに気おくれる。お食事はなさいますか、と尋ねられたのでうなずいたら、メニューも持ってきてくれた。おすすめはサムゲタンだと言うので、それのハーフサイズを頼むことにした。男は、分かりました、と力強くうなずいて、オープンになっているカウンター式の厨房に入っていった。接客も料理も彼が担当しているようだった。

はたしてあの男が恵梨香さんの旦那なのだろうか。

僕はちらちらと彼のほうを盗み見ながら、ビールをちびりと飲んだ。男っぽくて筋肉質で運動神経が良さそうで、どんなに固い瓶のふたでも簡単に開けてしまいそうに見えた。僕とは真逆のタイプと言ってもいい。

　あれが、恵梨香さんの選んだ相手なのか。

　僕なんか最初から恵梨香さんの眼中になかったのだと、また思い知らされてしまう。ため息をつく。

　お手洗いに立ったついでに、店内奥に飾りみたいにある古いアンティーク調の本棚を眺めた。置いてある本は海外ミステリやら仏教書やら美術書やら落語入門やら、まったく一貫性がなかった。わざと売れない本だけ置いてあるのではないかと思うくらい、知ったタイトルのものがない。背表紙を端から眺めていて、ふと目がとまる。夢事典と書かれた本があった。青い表紙のそれを手に取り、自分の席に戻った。

　ぱらぱらとめくってみたら、ポストイットが貼られている場所があった。開いてみる。

「人を殺す夢」のページだった。「吉夢　大きな一歩を踏み出すきざし」と書いてある。

　誰がこんなところにポストイットを貼ったのだろう。僕への当てつけか、と一瞬むっとしたけれど、誰にも話していない僕の夢を、はじめて訪れる東京の店の人が知るわけがない。この店に訪れた誰かが人を殺す夢を見ているのかもしれない。その人は一体誰を殺しているのだろう。知らない誰かに少しだけ親近感を覚える。

「人に殺される夢」のページを探して開いた。

「吉夢　人生の転機がおとずれるきざし」と書かれていた。

なんで殺す夢も殺される夢も吉夢なのか。悪趣味だ。著者の名前を確認しようと表紙を見たら、夢占い研究所・編としか書かれていなかった。こういうのってユングとかフロイトとか有名な学者が研究して発表しているものかと思っていた。まあ、フロイトの場合はどんな夢も性的抑圧のせいにしてしまいそうだけれど。

血を流して死ぬ夢なら金運アップの可能性が、とも書かれていた。どうせ殺されるなら、感電死や窒息死や毒殺より、ナイフや銃のほうがいいってことか。根拠は？　なぜそうなるのか理由がまったく分からない。

夢占いなんて誰が作ったんだ？　統計学だとも実験の成果だとも思えないし、ただ適当に言っただけなんじゃなかろうか。みんなが正しいと思っていることの多くも、誰かがふと言ってみただけのことだったりしないだろうか。本当は、世界は出鱈目ばかりなんじゃないのか？

「お待たせしました、サムゲタンです」

男が料理を運んできた。

ぐつぐつと煮立った黒い小さなココット鍋の中に入っている。ハーフサイズでも一人には充分な量だった。僕はポストイットを「殺す夢」から「殺される夢」に移し、本を閉じた。

「熱いですので、気をつけてお召し上がりください。スープが残ったら雑炊にしますので、お声がけください」

男はそう言いながら、僕の前に銀色のやけに長い箸と銀色のやけに丸いスプーンを置いた。僕はちらりと彼の左手を確認する。指輪ははめられていなかった。恵梨香さんの夫はこの人ではないのかもしれない。ちょっとだけほっとする。

「すみません、あの、店長はいらっしゃいますか」

僕が言うと、彼は怪訝な顔をした。

「店長は僕ですが」

「ではオーナーは」

「オーナーも僕ですが」

ではやはりこの人が恵梨香さんの？　飲食業の人だから仕事中は指輪を外しているのだろうか。いや、恵梨香さんも指輪をしていなかった。そういう、指輪を重要視しない夫婦なのかもしれない。ときどきいる、結婚なんか特別なものじゃないただの人生の延長、みたいなことを言う夫婦。それはそれで憎らしい。

僕が自問自答を繰り返していると、「なにか問題ありましたか？」と男は尋ねた。僕は首を横に振った。

ビールをもう一杯頼もうとして思いなおし、朝鮮人参焼酎を頼んだ。飲み方は、と聞かれたので、おすすめは、と尋ね返した。ロックですね。ではロックを。男は僕の飲み物を作るために厨房へ戻った。僕は息をつき、スプーンを手に取った。

鶏の半身をスプーンでつついたら、ほろほろと崩れた。

嗅ぎなれない香辛料のにおいが鼻に届く。鶏の体の中には、内臓の代わりに餅米やなにかの木の実のようなものがぎゅうぎゅうに詰まっていた。この中に入っていた内臓はどうなったのだろう、と思った。夢の中でころされた僕はいつも内臓を取り出される。もしかしたら夢の中の僕は体に何かを詰められてサムゲタンにされる途中なのかもしれない。

サムゲタンにされる夢は何運があがるのか。健康運か、恋愛運か。出会い運か。夢事典を確認したかったけれど、サムゲタンにされる夢なんて載っているわけがない。

スープを口に運んだ。

滋味深い味が染みてくる。けば立っていた心が、すうっと凪《な》いでいくのを感じる。

僕は一度スプーンを置き、美味しい、とつぶやいた。その声は厨房の中の男にも届いたらしく、男がほっとしたように笑ったのが分かった。

「これ、なにか特別なものを使っているんですか？」

尋ねると、男は少し首を傾げ、

「いや、普通に作っているだけです」

と答えた。

「あなたが？」

「俺は鍋で煮ただけで。昼間に来てくれてる女の子が、下ごしらえとかしてくれてます」

そうですか、僕は言って、もう一度スプーンを手にした。今度は鶏肉と餅米を口に運ぶ。柔らかな肉が口の中でとろける。

この料理、好きだ、と思った。そしてそのあと、この料理を作った人も好きだと思った。いつかその人に会えたなら僕は、「ありがとう」を伝えたい。僕の体は、知らない誰かの作った料理で満たされ、その栄養が僕の内臓を新しく作り変えてくれる。食事をするたび、新しい僕に生まれ変わる。

朝鮮人参焼酎は、なんだか不思議な味がした。

美味しいとは言い難いが、不味いというほどでもない。はじめて飲む味なのに知っているような気もする。漢方のような、強いて言えば子供のころになめさせられた肝油ドロップのような。甘味ではなく苦味が強い。きっと飲みなれた人ならこの風味が堪らないと言うのだろう。一口飲んだらかあっと体が熱くなった。二口飲んだら体がぐらっと揺れた。

三口飲んだらグラスが空いたので、男を呼んでもう一杯頼んだ。客はいまだに僕しかいなかった。

「お客さん、他に来ませんね」

二杯目のお酒を持ってきた男に、僕は言った。酒の力を味方にし始めていた僕は、気が大きくなってきていたのだ。

「そうですね。予約のお客さんいたんですけど、さっきキャンセル入りました。雨だから。足の悪い人なんで」

「雨？」

驚いて尋ねると、男は三十分前から降ってますよ、と答えた。窓のほうに振り返ると、確かに雨がガラス窓を濡らしていた。耳を澄ませば、店内を薄く流れるジャズに混じってかすかに跳ねる雨粒の音が聞こえる。

「お店、ひとりでやってはるんですか？」

「ランチタイムは混むのでバイト入れてますけど、夜はだいたい一人です。常連は呑み助ばかりで、料理の注文もあんまりないですし。お客さんは、この辺の方ですか？」

「いえ、京都から」

「旅行ですか？」

「はい、まあそうです」

　京都ですか、と男は少しだけ遠い目をして言った。

「こんな辺鄙《へんぴ》なとこにある店、よく見つけましたね」

「ええ、まあ、紹介されて。あの、恵梨香さんの知り合いの方に」

「恵梨香さん？　誰だろう」

　僕は驚いて、男の顔を見た。

「店長さんの奥さんじゃないんですか？」

「違います」

　持っていたグラスを落としそうになり、慌てて両手に力を込めた。

　なんてことだ。恵梨香さんの店は、ここじゃなかったのだ。

　せっかく東京まで来たのにという残念な気持ちと、意味の分からない安堵が一瞬で体中を駆け巡った。やっぱり僕はどこまでも間抜けだ。間抜けすぎて思わず笑う。ナイフまで買ったのに。そのナイフでなにをするつもりだったのかは、分からないけれど。

　笑いだした僕を、男は不思議そうに眺めた。

「僕、間違えたみたいですわ。朝鮮人参焼酎が美味しい店ってことだけ聞いて、電話とネットで探したから」

「ああ、電話くれた人ですか。津秋ちゃんが、ええと、バイトの子がそういう電話が来たって言ってました」

「僕やと思います。バイトさん、とても丁寧に対応してくれはりました」

「津秋ちゃん、いい子なんですよ」

　バイトさんを褒めると、男は嬉しそうに顔をほころばせた。顔を必要以上にくしゃっとさせるその笑い方は、女心を無駄にときめかせそうだな、と思う。グラスを片手で摑み、ぐいっと飲んだ。苦くて不思議なにおいがして、僕の舌にはまったく合わない。でもいい。僕はさらに酒を飲んだ。

　僕はもう、二度と恵梨香さんには会えないのだな、としみじみ思った。でもどうしてだろう。ほっとしている自分もいるのを感じる。

　恵梨香さんの人生に関われないのが嫌で、だったらいっそいなくなってくれればいいなんて思いつめて。彼女の幸せをねたんで。そのくせわざわざ会いに来て。矛盾の海であがいて溺れて。馬鹿みたいだ。苦しみってなんて自分勝手な感情だろう。ひとりよがりが過ぎる。

　ナイフなんか、使わないにこしたことがないのだ。チェーホフの銃？　あれだろ、物語の前半で銃を出したなら必ず後半で使わなければならないっていうやつ。そんなもの知ったことか。だいたい僕の人生はまだ続くのだ。八十歳になったときに、孫のために林檎の皮をむくのに使うかもしれない。

帰ろう。

帰って、佑太郎に話して、笑って貰って、少し泣いて、それから女の子を紹介してもらおう。そしていつか恵梨香さんを忘れる。百年後の人類にとってのプラスティックストローのように。ああそんな人もいたね、いつかそう言って笑う。

僕はグラスを数回まわして氷を溶かし、残りのお酒をぐいっと一気にあおった。

「もう一杯飲みますか？」

「いえ、充分です」

「サービスです。もう一杯だけ」

腰を浮かしかけた僕にそう言うと、彼は朝鮮人参の沈んだ焼酎のボトルと、それから自分の分のグラスも持ってきた。

「俺も飲むんで。どうせもう、お客来ませんよ。雨だし」

「でも」

「付き合ってくださいよ。京都の話、聞きたいし」

男はそう言って、二つのグラスになみなみと酒をついだ。

夜食 ―― 水と赤ワインと林檎 ――

雨の音がする。

店内に流れている音楽が、いつのまにか女性ボーカルのものになっている。小さな囁き声みたいな、でも強い声だ。どこの国の言葉だろう、今まで聞いたことのないような音の並びに、少し耳を傾ける。

ざああっとひときわ大きな音が一瞬だけして、すぐにまたささやかな雨音に戻った。同時にしっとりと濡れた空気が部屋の中に入ってきて、ああ、誰かがドアを開けたのだな、と分かる。

入ってきた誰かは僕の体になにか暖かい布をかけてくれた。続いて息をつく音、それから目の前の椅子がぎしりと軋む音がした。そこにはさっきまで店長が座っていたはずだ。柔らかな、甘いにおいがする。香水だろうか。店長が香水をつけたのか？　なんのために？　薄く目を開けてみる。

開けてみる、ということは今まで僕は目をつむっていたのだな、と思う。眠っていたのかもしれない。記憶がない。頭がずきずきして気持ちが悪い。吐き気を我慢しながら薄目のまま目の前の人を確認する。店長はもういなかった。代わりに僕の前に座っていたのは、柔らかな雰囲気をまとった女の人――恵梨香さんだった。

　恵梨香さんは僕がはっきりと目を開けたのに気づくと、

「どんだけ飲んだの。馬鹿ね」

と言った。あの、僕の大好きなビブラートで。

　これは夢だろうか。朝鮮人参焼酎が見せた幻だろうか。

　よろよろと体を起こすと、恵梨香さんはお水の入ったグラスを僕のほうへぐいっと押した。

グラスを摑んで一気に飲む。

「砂漠の遭難者みたいな飲み方」

　恵梨香さんはそう言ってくつくつと笑った。僕の口の中はぱさぱさに乾いていた。幸福でもないのに。机の上に置かれている朝鮮人参焼酎が入っていたはずのボトルは飲み干され、干からびた人参だけがグラスの底に遺されていた。

「全部飲んだの？　朝鮮人参焼酎は強いんだから。人潰しの酒って言われてるんだよ」

　そういえばライブハウスのパンク少女も似たようなことを言っていた気がする。

　僕はふらふらする頭を懸命に動かしながら、事態を把握する努力をする。

「店長さんは」

「帰った」

恵梨香さんはグラスにもう一杯お水を注いでくれた。僕はそれもまた一気に飲み干す。

「京都からあなたの奥さんに会いに来た、って言ったんだって？　うちの旦那ね、あなたをわたしの愛人だと思ったみたい。酔い潰して殺してやろうかと思ったけど、別人だったら困るからって一応わたしに確認の電話をくれたの。案の定、正臣くんだった。命拾いしたね」

そうか、あの人は僕を殺すつもりだったのか、と思う。確かに彼は、殺し屋みたいな目をしていた。

はっきり目を開いて恵梨香さんを見る。

髪を一つに束ね眼鏡をかけてすっぴんで、ぶかぶかの野暮ったい服を着ていた。いつもの、真っ赤な口紅に体にぴたりと張り付いた服を着た都会的な女の象徴みたいな恵梨香さんとは全然違う。声を聴かなかったら、同一人物だとは気づかなかったかもしれない。

「恵梨香さん、本当は恵梨香さんじゃないの」

「どうして」

「店長の奥さんの名前は恵梨香じゃない」

「うん、そうね。恵梨香はなんていうか、芸名みたいなものだから」

「芸名？」

「歌ってるの。ライブハウスで。恵梨香はそれ用の名前。歌うって言っても、コーラスみたいなもんだけど」

　僕は体を起こして彼女を見る。

「そのバンドって、エンプティボディ？」

　僕が言うと、恵梨香さんは目を丸くした。

「なんで知ってるの」

「ライブハウスに行ったら、恵梨香さんがキスしてた男の人のポスターが貼ってあって。そこにいたパンク少女にいろいろ聞いた」

　恵梨香さんは、ああ、と得心したように声を出した。

「じゃあこの店も亜子《あこ》ちゃんに聞いたのね。知らない人に個人情報話すなんて、信じられない」

　彼女は僕にヒントをくれただけで一晩かけて自分でネットで検索したんですよ、なんて言うと気持ち悪がられるかもしれないから黙った。僕だって僕が気持ち悪い。だからあえて訂正はしない。パンク少女には濡れ衣を着て貰うことにする。

　僕が黙っていると、恵梨香さんは少し居心地悪そうに体を揺らしたあと、わたしも飲もう、と赤ワインのボトルとグラスを持ってきた。飲む？　と恵梨香さんは僕に尋ね、僕は首を横に振った。そうねそのほうがいいわ、と恵梨香さんは言って、赤ワインを自分のグラスについだ。血みたいな赤だった。それを、砂漠の遭難者みたいにぐいっと飲み干した。彼女もまた、ぱさぱさに乾いていたのだろう。

ボトルを傾けグラスをもう一度赤ワインで満たし、恵梨香さんは、とつとつと話し始めた。

*

はじめて京都に行ったのは暑い日だった。

五年前かな。正臣くんに会うほんの数か月前ね。そのころわたしたち夫婦は子供が欲しくて、でもできなくて、不妊治療に通っていたの。知ってる？　不妊治療ってなにをするか。若いあなたは、きっと考えたこともないでしょうね。

毎月毎月、何種類もの薬を飲むの。鼻から吸う薬もあった。苦かったな。シールみたいになっていて、体に貼る薬もあった。夏は痒くてつらかった。座薬は抵抗あったけれどすぐ慣れた。月に十日間は、卵子を育てるとか増やすだとかの注射を打たれた。葉酸だの鉄分だののサプリメントも山ほど飲んだ。鍼治療がいいなんて言われて毎週通ったし、妊娠しやすくなるとかいうツボに毎晩お灸した。病院に行くたびに検査のために採血されるから、両腕の肘の内側が注射の跡だらけで内出血で青くなった。ジャンキーみたいで、夏でも半袖は着られなかった。

膣《ちつ》ってわかるよね？　そこにね、色んな器具突っ込まれるんだよね。おなかぐいぐい押されて、痛くて、でも痛くても我慢するしかない。だって、子供ができないのは、ほかの誰のせいでもないもの。だからそれがどんなに嫌なことか、旦那にも言えなかった。言ったら、治療をやめようって言うでしょう。でもそしたら、わたしは自分の子供を抱きたいという彼の夢を壊すことになる。人の夢を壊すってどれだけ怖いことか分かる？　死んだほうがましってレベルのことだよ。

お金もかかった。一回の治療に、四十万とか、五十万とか。正直、この店の一か月の純利益よりずっと高い。もちろん、通う病院によっては安めのところもあるだろうけれど、みんな藁にもすがる思いだから、少しでも評判のいいところに行きたいよね。当たり前だけどそういうところはやっぱり値段が高い。だから遊びや欲しいものを我慢して、節制して暮らした。ほんの少しあった蓄えは、どんどん減っていった。

カフェインとアルコールをやめて、それから砂糖も断った。それでも駄目で次は小麦も断ってみた。でも痩せすぎは妊娠率を下げるから、体重を落とさないよう食べたくもないものをお腹に詰め込んだ。嫌いだった豆乳をがぶがぶ飲んだ。ホットヨガに通った。体を冷やさないよう真夏でもクーラーをつけずに湯船につかって、毎日汗だくだった。ルイボスティーを飲んだ。ブロッコリーを食べまくった。漢方も飲んだ。関東中の子授け神社に詣でたし、占いにも頼ったし、風水で寝室の位置を変えたし、子宝の湯にも行った。風邪をひいても薬を飲まなかったし、虫刺されの薬も塗らなかった。マニキュアの成分が流産しやすくするって聞いて塗るのをやめたしヘアカラーもよくないっていうから白髪が出ても放っておいた。そのうちに化粧もボディクリームもシャンプーもみんなよくない気がしてきて、なるべくなにも塗らないようにしたら、顔も体もどんどん老けて、鏡を見るのが嫌になった。

　これ以上なにすればいいの？　分からなくなるくらいいろいろ我慢して、なにもかもした。そうしたら、ストレスが一番悪いと言われた。でもしょうがないでしょう？　そんな生活してストレスがたまらない人間、いるわけがない。

　子供を産まない女は存在する意味がない、そんな失言をした国会議員がいたでしょう。そういうのとかがね、不意に思い出されてぐさっと胸に刺さったりした。「子供はいますか？」は、聞かれすぎてなんとも思わなくなった。「子供を持たない主義なんですね」に笑い返すほうが難しかった。テレビで流れる大家族スペシャルを見て、あのお母さんとわたしはなにが違うんだろうって思った。そんなふうにして、何年も何年も過ごした。

　一番つらかったのはね、病院の待合室にいることだった。

不妊治療の病院て大抵とても混んでいて、何時間も待たされる。短くて三時間、長ければ朝の七時から夕方五時までかかることもあった。その間中、ずっと待合室でじっとしているわけ。

当たり前だけど、病院の待合室にいるのはみんな、子供が欲しくてでもそれがまだかなわない女たち、なのね。

なんだろう、不思議な空間なの。そこは。今まで行ったことのあるどことも違った。母を癌で亡くしているから、治癒の見込めない人たちの病室に通ったこともあるけれど、それとも違う。そこには諦めや悲しみもあるけれど、安堵も、少しあるでしょう。

病院の待合室にいる女たちは、大抵みんな疲れた顔をしていた。じっと下を向いて、携帯を眺めるか本を読んでいた。でも誰も、携帯を見たくて見ているわけではないし、本を読みたくて読んでいるわけでもなかった。希望がないわけではないけれど、その希望も、なんだか暗い色をしていた。

海の底にいるみたいだ、わたしはいつも思っていた。

女たちが発する色は深い緑や深い青で、さまざまに混ざりあって黒に近くなっていた。はるか上空に光って見える金色があるのだけれど、簡単には手が届かない。息を止めてもがいてもがいて、苦しくて酸素が足りなくても諦められなくて、でも手足をばたつかせたら人に迷惑がかかるからただ自分の喉を掻きむしっている。そんな感じ。

海の底は苦しかった。

だからこそ、数回目の顕微《けんび》授精で陽性が出たときは震えるほど嬉しかった。旦那は泣いていた。うん。わたしよりも彼のほうが欲しがっていたからね、子供。男の子かな、女の子かな、名前はどうする？　俺、女の子だったら付けたい名前があるんだけどいい？　子供が成人して結婚するまで元気でいなくちゃだから、体を鍛えなきゃだな、なんて話したりしていた。

次に病院へ行くのは一か月後。そう言われたとき、すごく楽になった。ああわたし、もうあの待合室でもがかなくていいんだ、そう思った。ひょっとしたら、子供ができたことよりも、あの待合室に行かないで済むことのほうが嬉しかったかもしれない。

でもね、変なの。一か月たつ少し前に、出血があった。生理になるわけがない、だってわたしは妊娠しているんだから。そう思ったけれど不安で、でも旦那にも言えなくて、一人でこっそり病院に行った。

流産していた。

初期流産は卵子が原因で母体のせいではありません、だからまた次の機会を待ちましょう、婦人科の先生は淡々とそう言った。

次の機会。

次の機会。

その言葉が、頭の中でがんがん響いていた。どす黒い、血が固まったときの色をしていた。母体のせいではない。卵子のせい、だからあなたのせいではない。先生はそう言いたかったのだろう。でも、卵子もわたしの一部だ。結局全部わたしのせいなのだ。旦那に申し訳なくて、あわせる顔がなかった。

わたしは病院を出て、そのまま駅に向かった。どこか遠くに行きたかった。旦那には連絡しなかった。

行き先が京都だったのにはあんまり深い意味はなくて、名古屋では近すぎたし岡山では遠すぎたから。大阪でも良かったのだけれど、明るすぎる気がして京都にした。大勢の人が降りたし。わたし、きっと大勢にまぎれたかったのね。京都の駅は天井が高くてガラス張りで気持ちが良かった。外に出たら夏の京都は暑くて暑くてじめっとしていて、東京の夏とは全然違った。

町をふらふらと歩いていたら夕方になった。携帯には旦那から何度も着信があってうるさかった。電源を切ってしまえば良かったんだろうけれど、そうしたらもう二度と彼のもとには戻れなくなってしまいそうな気がした。電話の音が聞こえなくなるくらい大きな音のする場所はないだろうか、そう思いながら鴨川のほうへ向かって歩いていたら、ライブハウスを見つけた。ライブが始まったばかりのようだった。お金を払って中に入った。お客はほとんどいなくて、バカみたいに大きな音でギターが鳴っていた。それがエンプティボディ、河合くんのバンドだった。空っぽの体だなんてわたしみたいじゃないの、と思った。

彼らの歌は、それはそれはどうでもいい音楽だった。

良くも悪くもなくて、上手くも下手でもなかった。特徴もなく、どこかで聞いたことのある凡庸なフレーズと音階の繰り返し。この世界に必要な音楽だとは到底思えなかった。あってもなくてもいい音楽。

こんな音楽、誰が聴くの。

そう思ったら、すごくほっとした。ああ、あってもなくてもいいものが存在してもいいのか、と思った。彼らの音楽は透明だった。わたしも、透明な人間だった。河合くんはすごく楽しそうにギターを弾きならし、にこにこしながら歌っていた。

ライブが終わったあと、楽屋に乗り込んでいって「バンドに入れてくれ」って直談判した。楽器はできないけれどなんでもする、そう言ったら、河合くんはわたしを頭からつま先まで時間をかけて眺めてから、いいよ、と言った。「あんたの声、すごくいいから」って。そのときだけ、河合くんはすごくロックだった。

名前は？　そう聞かれて恵梨香だと答えた。

恵梨香は、子供のために旦那が考えた名前だった。

わたしは京都で、生まれなかった恵梨香の人生を生きよう、そう思った。恵梨香はきっと、奔放で明るくて人懐こい、猫みたいに魅力的な子だ、そう思った。

＊

恵梨香さんは長い長い話を終え、僕を見た。

僕はどう答えたら良いか分からなくて、ただ唾をのんだ。恵梨香さんは僕のグラスに赤ワインを注いだ。血のように赤い液体。僕の金運を上げてくれるはずの液体。

「たった一回の流産でなんなの、そう言う人もいると思う。でもね、わたしにはそれが耐えられなかったの。この絶望を耐えて生きるくらいなら、死んだほうがましと思ったの。生まれ変われるなら変わりたかったの」

いつの間にか雨の音は止んでいた。

店に流れていた音楽はオートになっているらしく、さっき聴いた曲がリピートされていた。

「これ、誰の歌？」

僕が静かに尋ねると、

「リル・リンドフォッシュ」

と恵梨香さんが静かに答えた。

「知らないな」

「スウェーデンの歌手ですって。うちのバイトの子が、わたしに似てるって言っていたらしくて。旦那が探してきた」

「バイトの子って、津秋ちゃんて人？」

「知ってるの？　津秋ちゃんのこと」

「知らない」

僕は首を横に振った。変なの、恵梨香さんは——恵梨香さんじゃない恵梨香さんは、そう言ってまた赤ワインを飲んだ。ほつれた髪、くぼんだ目の下、垂れた頬の肉、法令線。こうして見れば、恵梨香さんは僕が思っていたよりもずっとずっと年を取っていたのだろうことが分かる。でも、それでも、僕は彼女に何一つ幻滅していなかった。僕はそれでも、彼女を心から愛していた。

ただ、悲しかった。

恵梨香さんが僕を好きでなかったなんて、当たり前だ。

きっと、キスをしていたあの男のことだって好きじゃなかったろう。ひょっとしたら旦那のことさえも。彼女は、彼女自身を、恵梨香さんを全力で愛さなければならなかった。それができなければきっと、もうとっくに彼女は死を選んでいた。

僕は恵梨香さんを見た。

彼女に対して憐憫なんか抱きたくない。いつだって僕の上空で輝いていて欲しい。そう思うのに、僕には彼女がいまだ海の底に沈んでいるように思えて仕方がない。僕に、彼女が救えるのか。海の底から掬《すく》い上げられるのか。

答えは決まっている。

無理だ。

僕には彼女のためにできることがなにもない。そればかりかこんなときでも、僕は自分のことばかり考えている。

でも。たった一つできるとしたならば。

チェーホフの銃。

自分の鞄に目をやった。あの中に、僕は凶器をひそめている。刃渡り七センチの果物ナイフ。

僕はそれを出し、テーブルの上に置いた。白熱電球の淡い光に照らされて、ナイフの刃がにぶく光った。恵梨香さんがナイフを見る。不思議な表情だ。きっとその使い道を、使われ方を考えている。その間だけ、彼女は間違いなく僕のものだった。

「ねえ恵梨香さん、一つだけお願いがあんねん」

僕が言うと、彼女はなに？　と首を傾げた。見た目は違ってもやっぱり恵梨香さんだ。京都にいるときと同じ視線、同じ動き、同じシルエット。

「僕に殺されてくれない？」

彼女が僕を見た。

そして、

「いいよ」

とすぐに答えた。

彼女の目は、悪戯っぽくも見えたし、真剣にも見えた。僕になにができるのか、試しているようだとも思った。あるいは、ずっとずっと自分を殺してくれる人を待ちわびていたみたいな目だった。

そうなのかもしれない。彼女は京都で、僕の家で、僕に殺されようとしていたのかもしれない。

そうだったらいい。それは僕が、彼女にとって特別であるという証拠だ。彼女は僕を選んだのだ。僕が彼女を選んだように。

恵梨香さんを殺そう。恵梨香さんのためじゃない。結局は僕のためだ。僕が、恵梨香さんの人生にきちんと関与したいだけだ。来世、彼女が僕を思い出してくれるように。

そのために僕はナイフを手にする。本物のではなく言葉のナイフを。

僕は静かに言った。

「恵梨香さん、もう京都には来ないで」

僕を見る恵梨香さんの目が、驚いたように見開かれた。僕は彼女から目をそらし膝の上で固く握られた自分のこぶしを見つめ、続ける。

「恵梨香さんは僕が殺す。京都の彼女の存在を殺す。だからあなたは、東京のあなたは、生きて」

そのときようやく、僕は、自分が泣いていることに気づいた。両の目から、ぼろぼろと涙が落ちて首や頰を濡らしている。

なんだろう。変だな。

なんで僕は泣いているんだ？

分からないまま、その涙をぬぐいもせずに顔を上げて彼女を見つめた。

抱きしめたかった。

触れたかった。

でもできなかった。

見つめる。たった今殺した愛しい人を。

彼女は静かに、すうっと細い息を吐いた。

「分かった。もう京都には行かない」

彼女はそう言って、ワインではなく水のグラスに口をつけた。彼女の口の中はもう、ぱさぱさである必要はない。口の中をぱさぱさにしておかなければならないほどには、東京の彼女は幸せではない。

僕は彼女を見た。彼女も僕を見た。僕らは何かの罪の共犯者みたいな表情でお互いを見ていた。

僕はようやく手の甲で顔をぬぐった。想像以上に濡れていたし、鼻水がびよんと糸をひいた。恵梨香さんが鞄から出したポケットティッシュを僕に放った。受け取って思い切り鼻をかんだ。ティッシュの裏面にはキャバクラの求人募集の広告が入っていた。

「つまりあなたの言う前世っていうのは、東京のあなたのことなんやな」

「うん」

「ギター男が前世の恵梨香さんを殺したっていうのは、京都の恵梨香になる前のあなたをいなくならせた人、って意味で」

「うん」

「じゃあ、僕が前世の恋人だったっていうのは、なんやったん？　本当に文字が見えたん？」

　僕が言うと、彼女は言った。

「どっちだと思う？」

　本当か嘘か。僕は答えた。

「どっちでもいいよ」

　彼女は笑った。僕も笑った。それは確かに、僕の知っている彼女の微笑みだった。

「あなたの名前の色がね、とても好きだったの」

「色？」

「正臣って名前、濃い緑と淡い緑のグラデーションでしょう。恵梨香の名前とすごくよく馴染む」

「そんなこと言われても、僕にはよう分からん。あなたみたいな超感覚あらへんもん」

　超感覚って何？　正臣くん間違えて覚えているよ、と彼女はまた笑った。

「分かんなくていい。きっとね、本当に結ばれるべき二人だったらなんとなく分かるものなのよ。会った瞬間にね。運命はいつだって真正面からやってくるんだから」

彼女はそう言って、僕の手にそっと触れた。それが僕らの、最初で最後の肉体的接触だった。

「僕らは違った、いうこと？」

「そうね。わたしたちは違った」

「ほんま酷いこと言うな」

「でもいつか会うわよ、正臣くんも。濃い緑色に似合う人に。そうね、薄い黄色がいいわ。薄い黄色の人を探して」

「僕には見えへんもん。結局僕には分からへん」

僕は彼女を見た。大好きだった。殺したいほど好きだった。そして僕は事実、恵梨香さんを殺したのだ。これ以上の愛の昇華があるだろうか。あるとしたなら、一つだけだ。

「ねえ、もう一つだけお願いがある」

「なに？」

「一回だけやらして」

「駄目に決まってるでしょう、馬鹿」

彼女はそう言いながら、テーブルの上のナイフを手に取った。

「それどうするの」

僕が尋ねると、

「決まってるでしょ、林檎をむくの」

と彼女は答えた。

僕らはきっと、もう二度と会うことはない。

朝食 ＝ 松屋の朝定食（生卵付き）＝

暗い空が、ゆっくりと明けようとしている。

道路は雨に濡れていて、そこここに水たまりができている。東京の道路はがたがただな、あんなに工事中の場所ばかりなのになにしてるんだ道路業界は、などとつぶやきながら、スニーカーでばしゃばしゃと水たまりの上を歩いた。布製の靴にあっという間に水が染みて、靴下までびしょびしょだ。水が跳ねて、僕の顔にまで泥が跳んだ。知らない人が見たら、酔っ払いが踊っているように見えるかもしれないと思った。

恵梨香さん、本当の名前を教えて。

最後にそう言いたかったけれど、言えなかった。知らなくてもいいのかもしれないし、知らないほうがいいのかもしれない。

どっちにしろ、恵梨香さんは死んだ。

人は生まれ変わるのにどれくらいの時間が必要なんだろう。それは、失恋から立ち直るための期間よりも長いだろうか。

恵梨香さんに見えた僕の色。深い緑のグラデーション。そんなの、僕にはどうせ見えない。恵梨香さんはひょっとしたら大ぼら吹きかもしれない。でも僕は、彼女の見てくれた僕の色をどうしようもなく気に入っている。

水たまりが僕の足を濡らし続ける。

僕の不幸はしょせん、水たまりレベルの浅さだ。海の底を見た恵梨香さんの悲しみには、まだ遠く遠く及ばない。

それでも僕だって必死なんだ。水たまりで溺れないように。誰かを無駄に憎んだりしないように。絶望に押しつぶされないように。誰かを意味なく傷つけたい人間なんてほとんどいない。嫌いなやつの死だって望みたくない。コロンバインの犯人の気持ちなんか本当は分かりたくない。ゴキブリとだって共存したい。できることならみんな幸せなほうがいい。みんなの幸せを願えるほうがいい。できることなら。

でもできないから。それが苦しい。僕が不幸なのに他者が幸福なことが堪らない。でもそれを苦しいって思える僕は、本当は世界の幸福を願えてるってことじゃないか？　幸福を願えないけれど願いたいと思うことで、僕は結果的に世界平和を祈っていることにならないか？

そんなことを考えながら、僕は水たまりの中を踊るように跳ね続けた。

まるで映画だな、と思った。

音楽と、雨のにおいと、水たまりで踊る男。男の顔は憂いに満ちているが、ほんの少し希望が見える。クレーンショットかドローンショット。カメラをぐっと大きく引いてパン。空には淡い虹。灰色の雲と、一筋の光。そしてゆっくりとスクリーンが黒くなり、クレジットがあがる。エンディングテーマは、リル・リンドフォッシュ。

ああ、なんて愚鈍で図太い人間なんだろう僕は。

最悪の失恋をして、絶望しながら、その経験を映画にしたいなんて思っているのだから。

今なら何かが書ける。

頭と心に、うずうずと物語が生まれてきている。

ノート。あのノート。どうして今日に限って持ち歩いていないんだ。僕は僕を殺してやりたい気分になる。ペンは剣より強い。銃よりもたぶん強い。

なんでもいい。書けるものを。紙ナプキンでもいい。どこかその辺の二十四時間営業のファストフードにでも入って、紙ナプキンとペンを強奪しようか。

なんだか強烈にお腹が空いてきた。

そうだ、まずは朝ご飯を食べよう。物語を生むのはそれからだ。

なにを食べようか。せっかくだから東京っぽいものを。東京っぽいものってなんだ？　もんじゃ焼きか？　塩からい蕎麦とか？　あるいはミシュラン星付きのフレンチか。でも馬鹿な僕はきっと、どこにでもある牛丼チェーン店の朝定食で済ませてしまうのだろう。でもそれはそれで僕らしくていい。

人が食べ物について考えるとき、それは、明日も生きると宣言することなのだ。

きっと。

空がゆっくりと薄明かりに包まれ始める。鮮やかな、はっとするような赤だ。

マジックアワーだ、と僕は思った。

第七話　昼食 ―― 茹でた死んだ鳥の肉 ――

彼が死んだのは一年前。

突然のことだった。

仕事で行った仙台で、交通事故に巻き込まれたのだ。

出張から帰ってきたら、彼のご両親とわたしの両親の顔合わせをする予定だった。浅草にある有名な料亭を予約していた。食事は一番高いコースを選んだ。いまどきそこまでちゃんとするなんて珍しいと思うけれど、彼がそういうのにこだわる人だったのだ。

仙台には彼のご両親が確認に行き、遺体を引き取ってきた。わたしも行ったほうがいいのか電話で確認すると、ご家族の方だけで結構です、と警察は言った。わたしはご家族の方ではないのだと、そのとき思い知った。

車は数人をはねて、路肩に乗り上げて止まったそうだ。

運転していたのは八十歳を超えた老人で、ブレーキがきかなかったと証言した。事故で亡くなった人たちの中には三歳の女の子と妊娠中のそのお母さんがいたので、新聞も雑誌もテレビも彼女たち以外の被害者のことはほとんど報じなかった。事故はいつのまにか高齢ドライバーの是非に話をすり替えられ、そのうちにみんな忘れた。

　わたしが彼のご両親にはじめて会ったのは結局お通夜の席だった。損傷が激しすぎて棺をあけることはできないと判断され、彼の顔は見られなかった。どうしても見たいと頭を下げればもしかしたら見せて貰えたのかもしれないけれど、そうしなかった。だからわたしは彼の死を実感することができなくて、葬儀の間中、他人事みたいにぼうっとしていた。

　彼のお父さんは優しい人で、親族席に座るかと聞いてくれた。けれどわたしは断った。そればかりか葬式の途中で席を立って、しばらく式場の外で突っ立っていた。人気者で将来を嘱望されていた彼のために、たくさんの人たちが入れ代わり立ち代わりやってきて、わたしの前を通り過ぎて行った。皆一様に黒い服を着て神妙な顔をしていて、ときどき涙ぐむ人たちもいた。それがなんだか耐えられなくて、わたしは通夜振る舞いの部屋にこっそり隠れた。まだ誰もいない部屋に、ラップをかけられたお寿司やら煮物やらが並べられていた。お坊さんの読経の声と木魚の音が、薄く漏れて聞こえていた。常温の日本酒の一升瓶が並んでいたので、一本貰って勝手に飲んだ。それからわたしはそこで丸くなって、目をつむった。はきなれない黒いストッキング越しに感じるけば立った畳のざらざらが、不快だった。

　通夜を終えた彼の親族たちは、酔っぱらって畳で寝ているわたしを見ても怒らなかった。火葬場へ行くのを断ったわたしに彼のお母さんは、まだ籍を入れていたわけではないのだから自由に生きて欲しい、そう言って泣いた。少しだけれどこれを当座の生活費に充てなさい、彼のお父さんはそう言ってわたしに封筒をくれた。中には数十枚のお札が入っていた。ああこれで、わたしと彼の縁は切れるのだと思った。これを受け取ったら、わたしは彼を忘れるという約束を負う。それは忘却料だった。

タクシーに押し込まれ、家まで帰って、喪服のまま寝た。

そのまま何日も何日も寝た。永遠みたいな二日酔いが続いて気持ち悪くて何度も吐いた。トイレや台所に間に合わなくて、部屋の中でも吐いた。嫌なにおいがそこかしこから立ちのぼった。最初は気になったけれど鼻はすぐに順応した。鼻はすごい。喪服は皺くちゃになり毛玉ができた。でもそのままベッドから出なかった。塩も撒《ま》かなかった。

数日後、知らない番号から連絡が来た。顔合わせをするはずの料亭からだった。

お料理を作ってお待ちしておりましたのでキャンセル料が百パーセントかかります、と電話口で料亭の人は言った。責めるような口調ではなかったけれど、無断キャンセルするなんて人としてどうかしている、と言われているような気がした。

わたしはようやくベッドから出て、風呂に入った。お湯はあっという間に汚れて濁った。頭はべたべたで、どんなにシャンプーを足しても泡立たなかった。お湯を数回入れ替えて体を綺麗にし、それから部屋の中を掃除した。喪服にはドライクリーニングのマークがついていたけれど、家の洗濯機に放り込んでタオルや下着と一緒に洗った。ウールが入っていたから縮んでしまった。

部屋を掃除してリセッシュを三本分くらい部屋中にまき散らし終えたころには、もう夜の八時を過ぎていた。調べたら三菱ＵＦＪ銀行は二十四時間入金ができるらしいので、タクシーに乗って駅前の銀行まで行った。歩いても十分くらいで着くのだけれど歩いていく気力はなかった。

銀行で、税込み十万円以上のそのお金を振り込んだ。貰ったお金の三分の一がそれでなくなった。ついでに自分の通帳残高を記帳して眺めた。ああ、働かなくちゃなあと思った。そのときようやく、働いていた飲食店に欠勤の連絡をしていないことに気づいた。キムさんは怒っているだろうかと思った。思ったけれど、そのまま家に帰った。

次の日、母親がわたしの様子を見に来た。痩せたみたいだけれど部屋も綺麗にしているし元気そうでほっとした、と言って、冷蔵庫の中にたくさんの惣菜入りタッパーを詰め込んだ。いつでも帰ってきなさい、母はそう言った。

わたしは、うん、ありがとう、お父さんによろしくと言って口角をあげた。口角をあげれば笑った顔に見えるのだということを思い出した。

それからまたわたしはベッドに潜った。お腹はあんまり空かなかったけれど、ときどき冷蔵庫のタッパーを開けて料理を手でつまんで口に入れた。煮物の肉の脂が固まって白くなっていたけれど、気にせずに食べた。死なない程度のカロリーが必要だったのだ。死なない程度。この期に及んで、わたしはまだ生きようとしていた。

携帯には、毎日のようにいろんな人から連絡が来ていたけれど、それも、ひと月も経てば収まった。

彼はわたしの神様だった。

なんの才能もなくて、なにもできなくて、なにも持っていないわたしを、丸ごと受け入れてくれた人だった。「一緒に住もう」や「結婚しよう」を言ってくれた、最初で唯一の人だ。そんな心の大きな人、神様以外に存在するはずがない。

神様を失ったわたしは、それから先どうやって生きていけばいいか分からなくなった。分からなくなったわたしには、もうなにもできなくなった。したくなかったんじゃない。本当に分からなかったのだ。彼を失くしたわたしは、それまでどう生きていたかを忘れてしまっていた。

仙台の新聞に被害者たちの写真が載っていたという連絡を貰ったのは、たぶんふた月目の中頃だったと思う。

彼とわたしの共通の知人が、わざわざ写真に撮って携帯に送ってくれたのだ。添えられたメールには、加害者には認知症の症状がみられ責任能力がないと言い出した弁護士のことをとても怒っている、と書いてあった。

わたしは記事を読まず、ただ写真を眺めた。

白黒の目の粗いざらざらの写真は、わたしの知っている彼にちっとも似ていなかった。違う人にしか見えなくて、彼がもうこの世にいないという実感はやっぱりわかなかった。だから彼の死はわたしにとってつらいことではなかった。

つらいのは、彼が急に死んだことではない。彼が急にいなくなったことだ。

彼はわたしのそばにいない。

それだけが事実だった。

それからまたひと月がたち、彼のお母さんから荷物が届いた。彼のマンションに置いてあった、わたしの私物だった。

手紙も入っていた。あの子のマンションを引き払うことにしました。お元気で。それだけ書いてあった。

段ボール箱を開けた。中から彼のにおいがあふれ出た。驚いて、わたしは段ボール箱をすぐに閉じて、寝室のクローゼットの一番奥にしまった。心臓がばくばくしていた。

その頃からだろうか。

わたしは部屋に、彼の「不在」を感じるようになった。

彼はいない。

いないならそこにはなにもないはずなのに、「不在」はいつもそこにいた。

毎朝起きるベッドの右側に、食事をするときはテーブルの向かいに、二人掛けソファの半分に。「不在」は、いつも存在した。その「不在」は彼の形をしていて、彼の話し方で話をした。彼のやり方でわたしを喜ばせたり悲しませたり怒らせたりした。

わたしはそうしてそれからずっと、「不在」と一緒に暮らしていたのだ。

それはひょっとしたら夢だったのかもしれない。

ずっとずっと夢を見ていたのかもしれない。ゆるゆるとゆるやかに。底なし沼にずぶずぶと沈んでゆくように、わたしは夢に溺れていた。夢事典で調べたら、どんな運命を教えてくれるのだろうか。雑学王のはずの彼は、それを教えてくれなかった。

わたしは「不在」が嫌いだった。

彼を好きなようには「不在」を愛せなかった。

「不在」と一緒にいるとき、わたしの胸はいつもざわざわと騒いだ。不快だった。そんなとき、わたしはいつも別れを思った。でも「不在」はずっとずっとそこにいた。

彼がいなくなり「不在」との生活も数か月が過ぎたある日、キムさんから電話が来た。

「バイトが足りないから店に戻ってこい」

キムさんは、わたしが無断欠勤したことにも彼のことにも触れずに、それだけを言った。

電話を切って、「不在」のほうを見た。「不在」は不満そうにむくれていた。「不在」は、わたしが「不在」以外のことを考えるのが嫌だったのだと思う。

わたしはベッドから出ると、お風呂にお湯をためた。それから着たきりだった服を脱ぎ捨てた。下着はもともとつけていなかった。冷蔵庫を開けた。タッパーの中のものはもうほぼなかったし、ほんの少し残っていたものは腐っていた。

裸で、わたしは冷凍庫に入っていた鶏肉の塊を茹でた。そうして、茹であがった肉にケチャップとマヨネーズをかけて齧りついた。ナイフもフォークも箸も使わず、自分の両手と自分の歯で、鶏肉を嚙み切った。いつからあったのか分からない鶏肉はぱさぱさで冷凍庫のにおいがついていて、美味しくなかった。むしろ不味かった。わたしは久しぶりに、味覚を感じていた。

次の日わたしは部屋を出た。

店に行ったわたしを見たキムさんは、

「サムゲタンの下ごしらえを頼む」

と言った。それだけしか言わなかった。

そうしてようやく「不在」以外のものと触れ合えるようになり、——そして、今に至った。

香子さんはそこまでわたしの話を聞くと、

「分かる」

と言った。

「分かりますか」

「分かります。『不在』はね、こっちが覚悟を決めない限り、永遠に傍に存在し続けるつもりなのよ」

そうか、だから津秋ちゃんはいつも空洞だったのね。

香子さんはそう言いながら、カフェインレスのアイスコーヒーをグラスに口をつけてすすった。カフェインレス・アイスコーヒー。珈琲にカフェイン以外の存在価値があるのかは分からないけれど、存在価値などなくても存在するものはたくさんある。

駅前にあるこの喫茶店は、いつのまにかストローを使わなくなっていたらしい。メニューの隅に「ストローの提供を停止しております。小さいお子様など、必要な方はお声がけください」と書いてある。

ストローも突然にわたしの前からいなくなったのだな、とぼんやり思った。いつだって急なんだ。こういうのは。

グラスに口をつけてアイスコーヒーを飲んだ。ミルクを入れすぎたのでほとんど真っ白に見える。

「わたしの中にも『不在』がいるの。でもね、わたしはこの『不在』とはさよならしないって決めたんだ。それがどんなに絶望的でも」

香子さんはそう言って自分のお腹の辺りに手をやった。

そこになにがあってなにがないのか、わたしには分からない。香子さんの悲しみ。そんなもの考えたことがなかった。香子さん以外の人のも。わたしは、わたし以外の人の悲しみも苦しみも考えなかった。わたしには分からない。たとえば無差別テロを実行する人々の気持ちが。たとえば高校の体育館にマシンガンを放つ彼らの気持ちが。たとえばジョーカーのホアキン・フェニックスの悲しみが。

「絶望はとても強い。すべての色を飲み込んでしまう。しかもとても足が速いのよ絶望は。逃げても逃げても追いつかれる。だから共存することにした」

そこまで言って、香子さんは息をついた。

「でもそう決めたのはわたしだけだし、うちの旦那を付き合わせるのは可哀想だから、わたしは絶望を連れていくことにしようと思うの。目的地が分からなくても、とにかく目の前に来た列車に飛び乗る。その前に、津秋ちゃんと話せて良かった」

　香子さんの話がうまく理解できず、しどろもどろに聞き返す。

「それは、どういう意味ですか」

「そのままの意味。わたしの言った通りのことを、うちの旦那に話して伝えて欲しい。うちの旦那は深い青だから、津秋ちゃんの薄い黄色の声なら、理解してくれる」

「色ですか」

　相変わらず香子さんは不思議なことばかりを言う。

「津秋ちゃんあなたもね、自分で決めなければいけない。『不在』と一緒に生きるのか、『不在』と別れるのか。別れるならいつ別れるのか。それは全部あなた次第。空洞を埋めるのはもしかしたら苦しいことかもしれない。でも今みたいに生きてたらあっという間に年寄りになる。まぼろしと一緒に生きて若さを無駄にしないで。っていうのは建前。人間とつがいにならなきゃいけないなんて決まりはないわよ。昔は、同性同士の恋愛はご法度だった。でも今は同性婚が可能な国はたくさんある。幽霊や人形と恋をする人だっている。妻が三人いる人だっている。一人も愛さず生きる人もいる。一生まぼろしと添い遂げるのもありだと思う」

ただ忘れないで。

他の人を傷つけてもいいから、他のやつらなんかどんだけ蹴落としてもいいから、自分が幸せになる道を選ぶのよ。わたしは、見たことのない世界の平穏より、目の前の津秋ちゃんの幸福が嬉しい。

「世界なんか滅んでもいいのよ。わたしの愛する人たちが幸せならね」

香子さんはそう言って笑った。胸が痛くなるような、綺麗な笑顔だった。

そんなの駄目ですよ、とは、わたしには言えなかった。香子さんの思想はいつだってまっすぐで、間違っている。

わたしもそうだ。自分の身の回りのことだけで精いっぱいで、世界の幸せなんか祈れない。優しくない。綺麗ごとの国では生きられない。

「じゃあ行くね」

香子さんはそう言って席を立った。机の上には千円札が二枚置かれていた。これはわたしの分も入っているのだろうか入っているのだろうおごって貰っていいのだろうかおごって貰うとしてさておつりはいくらだろう今消費税は一体いくらなんだっけ十パーセント二十パーセント三十パーセント、などと考えているうちに、香子さんはあっという間に店から出て行ってしまった。

窓の外を、スーツケースを引いた香子さんが歩いていくのが見える。

胸を張り大股で歩く彼女の姿は情熱的で力にあふれていて、絶望とともにいるようには、とても見えなかった。

夕食＝京都SIZUYAPANのあんぱん（四つ　ひとりで）＝

それは、京都から帰った次の次の日のことだった。

お土産に京都駅で買ったあんぱんを持って盲亀浮木に行く途中で、馬鹿でかいスーツケースを持った香子さんに会ったのだ。

「あれ、香子さんまた京都ですか？　わたし、昨日まで京都に行ってたんですよ」

わたしがそう話しかけると、香子さんはわたしをお茶に誘い、そして二人で喫茶店に入った。存在意義の不確かなノンカフェインのアイスコーヒーを飲んだ香子さんはわたしに「絶望と共に生きるから旦那にそう伝えて」という変てこな伝言を頼み、さっそうと店を出て行った。そしてそのまま、消えてしまった。

というわたしの話を聞いたキムさんの動きは早かった。

どちらの方向へ行ったか、駅かバスか、とだけ聞き、「駅だと思う」というわたしの返事を聞くやいなや店を飛び出して行った。その背中を見送ってから、あれ、列車の話は比喩だったのかも、と思った。

夜の営業はどうするんですか、メールで尋ねたら、「適当に」とだけ返ってきた。仕方がないので店番をすることにした。お客はしばらく来なかったので、座って、本を読んで過ごした。京都土産のあんぱんは自分で食べた。志津屋《しづや》という有名なパン屋のはじめたあんぱん専門店のもので、キムさんと香子さんにあげるつもりだった。四つ買っていったのだけれど、四つとも全部食べた。小倉二つと抹茶鹿の子と安納芋餡を一つずつ。カロリー摂取量が多すぎたみたいで、お腹いっぱいで胸が苦しくて、口の中がぱさぱさだった。

冷蔵庫から牛乳を出して、コップにそそいで飲んだ。この店に牛乳を使う料理はないから、これはキムさんの私物だ。分かっているけれど気にしない。わたしが幸せならきっと香子さんだって喜ぶ。香子さんが喜ぶなら、キムさんも許す。

牛乳を飲みながら、店の本棚を整理した。

わたしが置いておいた青い本のポストイットが、「人を殺す夢」のページから「人に殺される夢」のページに移されているのが、不思議だった。

人に殺される夢。吉夢。人生の転機がおとずれるきざし。

なんだ人を殺す夢とほとんど一緒じゃないか、と思った。

でも、殺される人にとっても良い夢だったのなら、殺す側もそれほど罪悪感を覚えなくていいのかもしれない、とちょっとだけほっとした。

常連さんが何人か来た。

「店長いないの」「あれ昼間のバイトの子だよね、夜も入るの」みたいな話をされて、いえ今日だけです店長はそのうち戻りますとか言って、ビールとボトルの焼酎とキムチを出した。常連さんのうちの一人は足が悪かったので、トイレに行くのを手伝った。海鮮チヂミの注文が入ったので一枚焼いた。二時間ほどで彼らが帰ると、もう他にお客さんは来なかった。誰もいない時間は、本を読んで過ごした。その頃になってようやく食べすぎたあんぱんのげっぷが出た。

半年前にバイトに復帰したとき、夜も入れますと言ったら、

「夜は俺一人で充分だから」

と、キムさんが言ったことをふと思い出した。

以前バイトしていたころは、どちらかといえば昼よりも夜のほうがメインだった（もともとは、バーがランチ営業もやっている、という店だった）のに、夜、一人でまわせるようになるなんてキムさんすごいなとそのときは思った。夜は常連さんが来るだけで、新規の客な

んかまったく来ないのだと知ったのは、ほんの数か月前だ。

　住宅街の中という場所のせいかもしれないし、若者のお酒離れのせいかもしれないし、不況のせいかもしれない。日本政府が韓国政府と仲良くなくなったのも、きっと影響があると思う。ときどき、嫌な電話がかかってくることもある。国へ帰れとかなんとか。そんなとき、俺、代々続く世田谷生まれ世田谷育ちのボンボンなんだけど、とキムさんは笑う。

　そう言ってやればいいじゃないですか、とわたしが憤ると、

「それじゃ、日本人だからここで店を開いていい、みたいに思われるだろ。何人だろうと、好きな場所で好きな国の料理屋を開いていいんだよ」

　とキムさんは答えた。

「ついでに言えば、あいつらに俺を憎む権利もある。俺はそいつらの権利を認める。俺にも嫌う権利はある。だから嫌うし、不幸になれって思ってる。基本、脳内は自由だ」

　キムさんは強いなとそのとき思ったのだ。人を憎む権利。わたしもいつかその権利を行使する日が来るのだろうか。いや、わたしを憎む人をわたしは憎まないと決める権利だって、わたしたちは擁する。

　十一時。営業の終わる時間だ。

あくびをする。眠い。いつもなら、お風呂に入っているころだ。

ドアにクローズの看板を掛けたけれど、鍵がないから帰れない。うとうとしかけたころ、ようやくキムさんは帰って来た。

そして、

「店を閉める」

と言った。

そりゃそうでしょう閉店時間すぎてます、と言うと、そうじゃない、と彼は答えた。

「この店の営業をやめるんだ」

意味が分からなくて、ぽかんとしてキムさんを見た。キムさんはレジ締めをして荷物を摑むと、じゃ、帰るぞ、と言ってわたしを店から追い出した。

香子さんはみつかったんですか、と聞こうとして聞けなかった。タクシー代とバイト代だという一万二千円を貰って、帰った。タクシーに乗らずに歩いたから、少しだけ得をした。久しぶりに歩く真夜中の公園は、しんとしていて湿っていた。

間食　＝スターバックスの限定フラペチーノ生クリーム増量（名称不明）＝

次の日いつものようにバイトに出たら、キムさんがドアに「今月末をもちまして、閉店いたします。長い間ありがとうございました」という手書きのチラシをガムテープで貼っているところだった。今月末。あと二週間もなかった。

「ほんとにやめるんですか」

「ほんとにやめる。悪いけど、今日だけランチ、一人でまわしてもらえるか？　準備は全部できてるから」

　そう言い残すと、キムさんは不動産屋へ出かけて行った。店を居抜きで買ってくれる人を探すためだそうだ。サムゲタンの下ごしらえはすでに終わっていた。

　一人でてんてこ舞いになりながらどうにか昼のランチ営業を終えた頃、キムさんは、お土産、とスターバックスの限定らしいなんらかの飲み物を二つ持って帰ってきた。限定らしい飲み物は生クリームがたっぷり載っていて、見ているだけで胸焼けしそうだ。

「どうするつもりですか、なにが起こっているんですか」

　わたしは半ば怒りつつそう尋ねると（それくらい忙しかったのだ）、香子を捜しに行くことにした、と、キムさんはさらりと答えた。パスポートと香子さん名義の預金通帳がなくなっており、代わりに記名済みの離婚届が置いてあったらしい。

「お店やめて後悔しないんですか。香子さん、すぐ帰ってくるかもしれないじゃないですか」

「帰ってこないかもしれないだろ」

「わたしが捜しに行きましょうか？　古沢さんのときも代わりに行ったし」

「自分で行く」

キムさんは飲み物にストローを差すと、猫背になりながらずずっとすすった。スターバックスにおいては、プラスティックストローはまだはっきりと存在している。

「香子のことは他人に任せらんねえよ。俺、香子以上に大切なもん、ないし」

格好良いことを格好良くないポーズで言い切るキムさんが、憎ったらしいほど格好良かった。

「香子さんがどこに行ったのか、心当たりでもあるんですか」

「たぶん、スウェーデンに行ったと思う」

「なぜそんなところに。縁かゆかりがあるんですか」

「津秋ちゃんが言い出したんだろ、あいつがなんとかって歌手に似てるって。たぶん香子、その人に会いに行ったんじゃないかと思う。自分はその人の生まれ変わりかもしれないとか言ってたし。ま、その人まだ存命みたいなんだけどさ」

「嘘」

そんな、突拍子もない。

「そういう、突拍子もない女なんだよ、あいつは」

でもだとしても。その突拍子もない女の行き先がすぐに分かるキムさんも、やはり突拍子もない。そう言ったらきっと、それが夫婦ってもんだよ、とキムさんは言うのだろう。

次は俺、ラーメン屋でもやろうかな。キムさんがぼそりと言った。

「スウェーデンでラーメン屋っていうのも、結構いいだろ」

今度はモンゴル風ラーメン、とかって名乗ろうかなあ。あるいはペルシア風ラーメンとか。あれ、ペルシアってどこの国だっけ。ブルネイ？

キムさんはそんな出鱈目なことを言いながら、スタバの甘ったるい飲み物をずずっと飲み干した。わたしは呆れて、呆れきって何も言葉が出てこない。

なんて楽天的な人なんだろう。香子さんみたいな頭のいい人が、なんでこんな人と結婚したんだろう。逃げたくなるのも当たり前だ。

でもきっとこういう人が、誰かの絶望を救うのだろう。うっかり救ってしまうのだろう。彼を失って生きているのか死んでいるのか分からない状態だったわたしが、こんなにも救われてしまったように。

だからきっと、香子さんはまたこの人を選ぶのかもしれない。香子さんとキムさんが再び相まみえることができた場合、の話だけれど。

正直に言えば、そんなの、わたしの知ったこっちゃない。

そしてあっという間に、二週間が経った。


「あいつは俺を解放したつもりなんだと思う」

と、キムさんは突然言った。

今日の夜のための料理の仕込みは、もう何時間も続いていた。わたしたちは今夜中に、業務用冷蔵庫の中にあるすべての鶏肉をサムゲタンに変えなければならないのだった。

在庫の食材を使い切るために閉店パーティをしよう、キムさんはそう言った。お店の買い手はまだ決まっていないけれど、キムさんがスウェーデンへ行く日にちは、もう迫っていた。

「解放？」

きょとんとして尋ねると、キムさんは、手を止めるな、と鋭い声で指示した。わたしは慌てて、鶏肉に餅米を詰める作業を再開する。

「誰にも言わなかったけど、俺たち、子供が欲しかったんだ。病院に通ってたこともあった。

もう何年も前だけどな。不妊治療をはじめて数年たった頃、先生が言ったんだ。妊娠可能年齢というものをご存知ですか、って。現在の医学では、四十二歳以上で体外授精をしたとしても成功率は二パーセント、四十五歳以上では一パーセント以下、つまりほぼ無理です。生物学的な問題なので仕方がありません。四十代で不妊治療をするつもりなら、それを念頭に置いておいてください。香子が出てった次の日が、香子の誕生日だった。四十五歳の」

　キムさんはそう言って、サムゲタンのスープの味見をした。少し考えて、塩をひとつまみ足す。

「子供が欲しい、ずっとそう言い続けてたのは俺だったから。たぶん自分と一緒にいたら俺の望みが絶たれると思ったんだよあいつは。男の生殖可能年齢は女性よりはまだ長いから。俺はまだ子供を持てる可能性がある、だから自分は消えよう、そう思ったんだろ、きっと。自分はたぶんもう、無理だから。生物学的に」

　生物学的に、って、結構きつい言われようだよな。そんなこと言われたら俺だって参るよ。

　キムさんはそう言って、わたしが米を詰めた鶏肉のお尻のところをぎゅうぎゅうと串で刺した。

　絶望と一緒に生きる。

　そう言っていた彼女の表情を思い出す。

「香子さんを追いかけるってことは、キムさんの希望は絶たれるってことでしょう。自分の人生は、もういいんですか」

香子さんの絶望と一緒に生きるつもりなんですか。

わたしが言うと、キムさんは、煙草の代わりに竹串をくわえてふんっと鼻で笑った。

「ほんとなめられたもんだよな、俺。お前にも、香子にも。恋人同士は希望がなくちゃ一緒にいられないものかもしれない。けどな、一緒に絶望できるのが夫婦ってもんなんだよ」

最後の晩餐　＝サムゲタン食べ放題ただしビールは別料金＝

「韓国料理バー　盲亀浮木」の閉店パーティは、大変に盛り上がった。

入場料二千円、サムゲタン以外に、スンドゥブとキムチも食べ放題。チヂミは、頼まれてからつくるので常に焼きたて。生ビールは別料金だけど焼酎は飲み放題。朝鮮人参焼酎はなし。なぜならキムさんがぜんぶ飲み干してしまったから。

常連さんとご近所さんにだけ通知したというのに、その日、盲亀浮木は開店パーティのとき以上の賑わいを見せた。キムさんはわたし以外のアルバイトを入れなかったから、わたしは延々チヂミを焼くはめになった。しかしチヂミの材料はあっという間に底をついたので、それ以降は、皿洗いとたまに来るビールが欲しいという人にキャッシュオンで販売する係になった。ちなみに焼酎ボトルはカウンターに並べ、各自好きについで貰った。

パーティも始まって数時間が経ち、酒豪で名高いキムさんにもさすがに酔いが回った頃、古沢さんがやってきた。会うのは京都旅行以来だった。

酔っぱらったキムさんと古沢さんが何かを話しているのを、カウンターの中からちらちら見る。二人は、一瞬もわたしのほうを見なかった。

古沢さんはひらひらとキムさんに手を振ってから、シンクで皿やカトラリーを洗っているわたしのところへやってくると、

「なに、ビールは別料金なの。がめつい」

といきなり嫌なことを言った。わたしはむっとして、

「じゃあ焼酎飲めばいいじゃないですか」

と答える。だいたい、わたしががめつくしたところでわたしの時給は変わらない。東京都の最低賃金のままだ。

「わたし焼酎飲めないから。じゃあトウモロコシ茶頂戴」

わたしはグラスを取ると、生ビールを注ぎ始めた。

「え、なんで」

「おごりです。お店からじゃなくて、わたしから」

グラスを斜めに傾けて金色の液体を入れ、水平に戻して白い泡を載せる。美しいビールができあがった。

「ありがと。津秋ちゃん大好き」

古沢さんは思ってもいないことを言いながら、グラスを受け取りビールを一口飲んで、美味しそうに息をついた。

「もう二度とキムさんには会わないんじゃなかったんですか」

「そのつもりだったんだけど、この店なくなっちゃうんでしょう。わたしの青春の思い出の場所だもの。来ないわけにはいかないじゃない。わたし、過去は気にしないタイプだし」

古沢さんはそう言ってもう一口ビールを飲んだ。

「津秋ちゃんはどうするの、無職になるわけでしょう」

「そうですね。まあ、旅にでも出ます」

「いいご身分だねえ、さすが」

古沢さんは、ふん、と鼻で笑った。口の周りにビールの泡が髭みたいについていたけれど、教えてあげなかった。

「キムさんとなに話したんですか」

「ここ、なかなか売れなくて今は借り手を探してるって聞いたから。わたし借りようかなと思って」

「古沢さんが？　借りてなにするんですか」

「喫茶店に決まってる」

「お金貯まったんですか」

「お金を出してくれそうな人が見つかったの。ほら、覚えてない？　京都の顔面偏差値の高い男。雑魚寝の宿のレセプション係。あのあとお宿のＨＰにお礼のメールを送ったら、なんとオーナーだったらしくて。それからなんとなくメル友になってさ。彼のお兄さんが今年ＮＰＯの活動を終えて外国から帰ってくるらしいんだけど、東京に飲食店出したいって言ってるんだって」

「いつの間にそんな仲に。ぜんぜん気づかなかった。そんなできすぎな話ってあります？」

「ありますよ。人生はきみが思うほど悪いもんじゃないさって、有名な歌手が歌ってました」

　と、古沢さんは本当かどうかわからないことを言って、得意そうに胸を張った。

　今日の彼女は、黒いミニ丈のワンピースを着ていた。飾り気のないシンプルな形で、悪くなかった。スカート丈は若干短すぎたけれど。こういう格好をしていれば、古沢さんはまあまあ美人に見えるし、男の人にももてるだろうし、友達もできるだろうな、とわたしは思った。

素敵な洋服ですね、わたしが言うと、彼女は、

「わたしね、これから先黒い服だけ着て生きていくって決めたの」

と答えた。

「なんでですか」

「喪に服すの。わたしはもう二度と恋愛はしない。そんなものにかまけて心乱されるのはこりごりだ。だから一生未亡人気分で喪服で過ごす」

「それってすごく趣味が悪いです」

「服のセンスはもともと良くないって知ってるし、男の好みも人生のセンスもたぶん悪い。趣味が悪いと思われようと別にいい」

すました顔で、彼女はビールを飲んだ。

よく言えますね、婚約者を亡くした人の前でそういうこと、と言おうとしたけれど、やめた。古沢さんのあっけらかんとした自己中心的考え方が、今はとても楽だ。

「津秋ちゃんも喪服余ってたらちょうだい。わたしの服あげるからさ」

「余ってませんよそんなもの。それに古沢さんの服を着こなす自信もありません」

古沢さんは、あっそ、と他人事みたいにつぶやいて、そして、財布から五百円玉を一枚出すと、ビール一杯、と言った。

「まだ半分以上あるじゃないですか」

「これは津秋ちゃんの分。わたしのおごり」

わたしは黙ったまま五百円玉を受け取ると、グラスを取りビールを注いだ。さっきほどは、上手く注げなかった。

「いただきます」

わたしが言うと、古沢さんはわたしのグラスに自分のグラスを乱暴にぶつけて、乾杯、と言った。うすはりのグラスはかろうじて割れなかった。

「ねえ津秋ちゃん、旅から帰ってきたら、会わない？」

「なんでですか」

「なんで？　会うのに理由いる？」

「いると思いますけど」

「うーん、じゃあ、友達だから」

わたしは驚いて古沢さんを見た。

「友達ですか、わたしたち」

「違う？　二人で一緒に同じ部屋に寝た仲だよ」

「共同部屋でしたから、他にも多国籍の方々四人と雑魚寝しましたよ」

「その人たちも友達でいいよ」

「お互い電話番号も知らないんですよ」

「じゃあ、まずは番号交換から始めよう」

古沢さんはそう言って携帯電話を出し、にこっと笑った。古沢さんの着ているぴちぴちの黒いワンピースは、わたしが捨てた縮んだ喪服によく似ていた。化粧もよく見れば、ワインレッドの口紅をしているのに、アイシャドウが緑だ。ついでにマニキュアは灰色だ。変な色合わせ、やっぱり趣味が悪いなとわたしは思った。思いながら、ビールを飲んだ。

古沢さんにおごって貰ったビールは、なんだかいつもよりも苦かった。

朝食 ＝ 食パンと牛乳と朝鮮人参（平凡じゃないモーニングセット）＝

パーティの最後の客を見送った頃には、もう朝の四時を過ぎていた。

店は酷いありさまだった。飾り付けられた輪っかや風船の残骸は踏みにじられ、床にはクラッカーのかすが散乱していた。食べ散らかされたサムゲタンの骨。食べ残されたチヂミ。

床にこぼれた焼酎のシミ、洗わなければならないお皿の山。トイレには誰か（たぶんキムさん）が吐いた跡。パーティのあとのうすらさみしい空気の中、テーブルの上の食器をまとめ、床のごみを軽く掃いた。

キムさんは酔いつぶれ、ソファに横になって寝ていた。ときおり、象のようないびきをかいている。

掃除を終えすべてのごみをまとめ終えた頃には、すっかり朝日が昇っていた。

ソファに寝転がっているキムさんのブランケットがはだけていたのでかけなおす。

「キムさん」

名前を呼んでみた。ぴくりとも動かない。死んでいないかなと心配になって顔に顔を近づけたら、ものすごく酒臭かった。

この半年間。

思えばキムさんはわたしに、一度も彼のことを聞かなかった。知らなかったはずがない。

ただ彼は、聞かないことを選んだのだ。自覚的にか無自覚的にか。

だからわたしは、絶望を見ないふりして今日までこられた。もしキムさんが、わたしにわたしが可哀想な人間であることを思い出させていたら、わたしは耐えられなかっただろう。

わたしは、キムさんのおかげで生きていたのだと思う。

キムさんと話し、キムさんと笑い、キムさんのくれるバイト代で生活し、キムさんの作ったまかない飯を食べた。キムさんはわたしの希望だった。だから、古沢さんに取られたくなかった。心の中にあった彼女への妬みやそねみから、ナザールボンジュウはちゃんとわたしを守ってくれた。キムさんは、わたしの二人目の神様だったのかもしれない。

「今までお世話になりました」

九十度に頭を下げたけれど、やっぱりキムさんは動かなかった。でもそれでいいのだ。別にわたしは、ただ彼に感謝したかっただけ。感謝したところを見て欲しかったわけではない。

店を出たら日の光が馬鹿みたいに強く肌を刺して、痛かった。涙が出そうだと思ったけれど、それも思っただけだった。

いつだって人生は、そこまでメランコリックでもドラマティックでもエキセントリックでもない。なにがあっても、わりと淡々と日々は進んでいく。

たぶん通りかかる家々のすべてに、すれ違う人々の胸のすべてに、悲しみや絶望は眠っているのだろう。そしてそれと同じくらい、その真裏の感情も眠っている。

家に帰って、冷蔵庫から牛乳を出して飲んだ。いつ買ったのか分からない食パンがあったのでそれを食べた。乾いていてぱさぱさで、ほとんど味がしなかった。

冷蔵庫の卵入れのところに朝鮮人参が置いてあった。いつかキムさんに貰ったものだ。すっかり水分を失ってからからで、ますます根っこっぽさが増していた。まさに黒魔術の道具だ。

わたしはそれを手に取って、一口齧った。

キムさんが言うほどには、体も手も熱くならなかった。ロックスターたちは本当にこんなものでトリップしているのだろうか。

振り返ったら、ソファに「不在」が座っているのが見えた。

「ねえ」

そう呼びかけたら、彼はこっちを見て、なに、と言った。

「あなたはいつまでここにいるの」

彼は少しだけ上を見上げて考えて、それからわたしを見た。

「分からない。それを決めるのは俺じゃなくて津秋だよ」

「じゃあここに一生いるかもしれないの」

君次第ではね、と彼は言った。

「消えて欲しいの？」

わたしは少しだけ下を向いて考えて、分からない、と答えた。


野良猫に朝ご飯を出した。

昨日あげた朝ご飯が、まだ残って乾いていた。

そういえば、昨日も一昨日も、猫はご飯を食べなかった。

あの子も死んでしまったのかな、と一瞬思った。あるいは、誰かに拾われたり、旅に出たりしたのかもしれない。

答えは分からない。

どっちだろう。希望と絶望と、どちらと一緒に、今あの猫はいるのだろう。それをわたしは知ることができない。

これがあれか。シュレーディンガーの猫ってやつか。

そうつぶやいたら、違うよ馬鹿、と「不在」が笑った。

第八話　昼食　＝　なし　＝

　ロシア領事館のビザ発行受付で番号札を取る。大阪ではなく東京でビザを取ることにしたのは、北関東にある実家にパスポートを取りに帰ったついでだった。

札を見る。本当かどうかは知らないけれど、一日に発行されるビザは七十枚までだと聞いたことがある。僕の番号は六十六番。待ち時間は九十分と出ている。九十分待ちにはうんざりするけれど、とりあえず今日中に手続きはできそうだ。ほっとする。

　番号札を取れなかったら、出直さなければならないだけではなくビザ発行にお金を取られるところだった。ロシアビザの発行は二週間前の手続きなら無料だが、それより短い期間で発行して貰うためには手数料がかかるというシステムなのだ。僕のロシア出発は、ちょうど二週間後だった。

　ふう、と安堵の息をつく。

　しばらく仕事を休む身だ。もちろん、有休なんて素敵な制度を佑太郎は取り入れてくれていない。手数料はほんの数千円だけれど、彼のように孫にお小遣いをあげるのが大好きなおじいちゃんのいない僕は、少しでも節約したい。最近アルバイトをやといはじめたのでこうして気軽に休みを取れるようになったのだけれど、その分、少しお給料が減った。正直に言えばロシアまでの旅費だって捻出し難く、親に頭を下げて借りたのだ。

部屋に、急ぎ足で女の人が入ってきた。長い髪の彼女はぐるりと部屋を見回すと、まっすぐに発券機に向かい番号札を取った。僕の次だから彼女の番号は六十七だ。彼女も、ふう、と息をついた。

「間に合って良かったですね」

思わず声をかけた。彼女は振り返って僕のほうを見た。

ナンパだと思われただろうか。そんなつもりはなかったからそう思われていたら嫌だな、などと考えた。でも彼女はなにも思わなかったようで、まっすぐに僕のところへ近づいてきた。

「本当、間に合って良かった。ロシアビザの個人受付、はじめてなんです」

「僕もです」

背の高い人だった。思わず背筋を伸ばす。

「あ、そうなんですか。落ち着いてらっしゃるから慣れているのかと思いました。わたし、足りない書類がないか昨日からずっと心配で」

じゃあ書類の確認でも一緒にしましょうか、待ち時間も長いし、と言ったら、彼女はお願いします、と即答した。よほど不安だったらしい。

待合所の壁際にあるベンチに並んで座り、バウチャーという旅行日程表、電子ビザ申請書、パスポート、それから写真を見せ合った。彼女の出発は三週間後だそうだ。ロシア滞在一週間の僕とはちょうど入れ違いになる。

「良かった、全部大丈夫みたい」

彼女はそう言ってほっとしたようににこりと笑った。美人ではなかったけれど、すごく感じのいい笑顔だった。

「お一人で旅行なんですか」

「はい。はじめての一人旅なんです。あなたは？」

「僕はロシアに知り合いがいて。会いに行くんです」

「へえ、いいですね」

「あなたはなぜロシアに？」

「見たことないものが見たくて。エルミタージュ美術館に行きたいし玉ねぎ屋根の教会も見たいし、本場のボルシチも食べてみたいし、アリョンカっていう有名なチョコレイトがあってそれをたくさん買い込みたいし」

アリョンカ、僕も好きです。そう僕が言うと彼女は嬉しそうに笑った。嘘じゃない。アリョンカちゃんの包み紙は額に入れられて、僕の部屋に飾られている。

「ロシアに住んでるお友達とはどこで出会ったんですか？」

「まあ、友達ゆうか、会ったんは一回きりなんですけど。困ってる彼に京都で偶然会って。彼の恋人が危ない目におうて。まあいろいろ助けたんです」

ちょっと格好つけて盛ってしまったのは男の性なので勘弁して欲しい。キットカット抹茶味を買っていくから許してくれ、と心の中でマクシムに謝る。

「それは盲亀浮木ですね」

突然の四文字熟語に驚いて彼女を見る。そんなふうに日常会話で使う人ははじめてだ。というか、その言葉自体最近覚えたばかりだ。

「それ、『なかなか出会えへんこと』でしたっけ。意味」

よくご存じですね、使い方あってるのかちょっと分からないんですけど、と彼女は笑った。

「お仕事はお休みなんですか」

「僕は旅館をやってます。今、夏休み前でオフシーズンだし、ずっと休みも取ってへんかったから、思い切って。結構人気の旅館で、何年もずっと旅行に行けへんかったんですよ。ほんま、門前市を成すって感じで」

ほんとはドミトリーなのに旅館と言ってしまった。これも男の性だ。

「門前市を成す、は、門前雀羅の反対の意味ですね」

彼女は言った。僕の虚実混じった見栄話より、四文字熟語のほうに興味があるらしい。

「そうです。よく知ってはりますね」

「雑学王に教わりました」

「雑学王？」

彼女は僕の問いには答えずに、すっと目を細めて笑った。

その雑学王とやらは恋人だろうか。いや、旦那さんかもしれないな、と思った。

「ロシアから戻ったら喫茶店をやるんです。友達と。彼女、まだ大学生なんですけど経営とかすごく勉強している人で。でもちょっとセンスが信用できないので、わたしがいろいろ頑張ろうと思って。昨日の夜、ビザの準備をしているときに、たとえばロシア喫茶とかいいなと突然思いつきました。ロシアにはなんのゆかりもないんですけれど。ピロシキが置いてあったりする喫茶店、楽しいんじゃないかなあ」

それいいですね、僕が賛同すると、彼女は少し恥ずかしそうに笑った。

「ロシアでピロシキ、なんて分かりやすすぎますかね」

「それ以外も出せばええんじゃないですか？」

「そうですね。ロシア料理、あとはビーフストロガノフくらいしか食べたことないけれど」

「僕もロシアについての知識はほとんどないです。ガイドブックと、論文を一つ読んだくらいやな。レスラー・フリット教授の」

　僕が言うと、彼女ははっと短く息をのんで、僕を見た。

「レスラー・フリット教授？」

　彼女の驚きの表情で、フリット教授がすごい学者であることを知る。もしかしたらあんまり日本語に訳されていないようなマニアックな学者なんじゃないか？　また格好つけてしまった。馬鹿がばれてしまう前に本当のことを言わなければ。

「知ってはるんですか、フリット教授。ネットに載ってた文章ちょっと読んだだけなんで、ほんまは僕、よう知らんのです」

　僕が頭を下げると、一瞬の間のあと、彼女は突然笑い出した。

　体を折り、破顔して、全身で笑った。笑い声が大きすぎて、周りにいた人たち全員が僕らを見た。慌てて、声、大きいですと言ったら、ごめんなさいごめんなさい、と笑いながら何度も謝った。

　ようやく笑い終えた彼女は、それでもまだおかしくてたまらないという表情のまま、立ち上がって僕の正面に立った。

「ありがとう。この一年で、こんなに笑ったの初めて」

それから彼女は、嘘みたいに目からぼろぼろと涙をこぼしはじめた。笑いすぎて涙が出たのかと一瞬思った。そうじゃなきゃ涙の理由が分からない。でも笑い泣きにしては、涙の量が多すぎる。

彼女の目から、透明な水が絶え間なく生まれて落ちていく。雨を生む雲のようだな、と見とれながらぼんやり思っていたら、突然、閃いた。

女の目から降る雨が水たまりになる。その水たまりで男が跳ねる。そして音楽が流れる――。

僕の映画のラストシーン。

その一つ前の情景は、彼女の泣き顔だ。物語がつながった。僕は、僕の映画のシーンを再び発見したのだ。

喜びと興奮で、体中の細胞がぞわぞわとうごめき始める。

もっとだ。彼女ともっと話をしたい。そうすればこの物語はきっともっと膨らんでいく。

しかし僕が口を開くより早く、彼女は泣き出したときと同じくらい突然に泣き止んだ。アイメイクが落ちるのも気にせずに、目の周りを乱暴に手の甲でぬぐう。

「今日ここに来て良かった。ありがとうございました」

彼女はそれから僕に向かって九十度の深いお辞儀をした。長い髪がさらさらと肩からこぼれ落ちる。

勢いよく顔を上げた彼女は、そのまま僕に背中を向けた。ロングスカートに包まれた細い足が歩き出す。彼女は僕から遠ざかっていく。履いているスニーカーは軽やかで、あっという間にどこかに消えてしまいそうだった。

待って、行かないで、と言いたかった。もっと話したい。けれどどう声をかけたらいいのか分からない。なぜ僕は佑太郎じゃないのだろう。今声をかけなかったらきっと一生後悔する。一生どころか、後世まで後悔する。

追いかけよう。

意を決して立ち上がったそのとき、僕の携帯電話が鳴った。着信メロディが館内に響き渡る。周囲の人たちがぎろりと僕を睨む。携帯画面を見る。佑太郎からだ。確かに僕は彼に助けを求めたいと思っていたところだけれど、今、電話をしている余裕なんかない。慌てて電源を切ると、彼女は立ち止まり僕を見ていた。

「その着メロ、リル・リンドフォッシュ？」

彼女は言った。

「知ってるん？　珍しいな」

僕は驚いて、思わず大きな声を出す。周囲の人たちがまた僕をぎろりと睨む。

「その曲を聞くと思い出す人がいます。もう会えないかもしれない人」

彼女は小さく微笑むと、言った。もう会えないかもしれない人。その言葉に少しだけ胸の奥が痛む。

彼女は続けた。

「見たことのない世界の平穏より、目の前のあなたの幸福が嬉しい」

意味が分からない。

困惑した僕は彼女のほうに視線を向ける。彼女はまっすぐ僕を見ていた。

眉が太く、顎がしゅっと尖っている。

「その人わたしにそう言ったんです。でもわたし一人より、世界のほうが大切じゃありませんか？　彼女はとても善良な人なのに、なぜそんなことを言うんだろう。それで思ったんです。自分の愛する人の幸福を願う優しさは大抵みんな持っている。でもそれ以上は難しいんですよ。クルド難民が入管に収容されてハンガーストライキをして、そのまま亡くなったってニュースが最近あったでしょう。それに心を痛める人は多くても、彼の死を心底後悔できる人はそういない。わたしたちにとって、クルドも、その亡くなった人も、難民問題も、見たことのない世界のものだからです」

何の話だ？　僕はきょとんとして彼女を見る。彼女は僕が聞いていようがいまいが気にならない様子で、淡々と話し続けた。

「だから見たいと思ったんです。この地球上にある、見たことのないものを。なるべく多く。なるべくたくさんの人や場所を、自分に関係あるものだと思いたいから」

そうじゃないと、世界の不幸を待ってしまうんです。何かが起これればいいのにと願ってしまうんです。テロとか天災とか未確認飛行物体の襲来とかそういう、そういうこと。だってわたしが不幸なのにほかのみんなが幸福だなんておかしいでしょう？　自分があんまりに優しくないことに絶望しそうになるんです。

「だから。旅に出ようと思いました」

彼女は下を向いたまま、つらつらとそう言った。弁論大会を聞いているみたいだと思った。知らない学校の知らないクラスの知らない人の弁論大会。普通なら退屈極まりないそれも、今はそんなに苦ではなかった。むしろ、もっと聞いていたいなと思っていた。そういえば、佑太郎以外の誰かの声をこんなに耳にするのは久しぶりかもしれない。無造作におろされた彼女の長い髪がはらりと肩から落ちる。柔らかそうな髪だった。最後にもう一回笑顔を見せてくれないかなと思ったけど、彼女は笑わなかった。

それじゃあ、と彼女は小さく頭を下げた。

彼女を引き留めたかった。でもその方法が分からない。慌てた僕は、つい馬鹿みたいなことを口にする。

「なあ、お腹空いてへん？　僕、これから昼飯に行こ思ってんけど」

けれど無情にも彼女は首を横に振った。なんの躊躇もなく。

「家で食事を取ったので」

しまった。質問を間違えた。この後に続く彼女の言葉は、では失礼します、以外にないではないか。

なにか言わなければ。もっと彼女とつながれる言葉を。僕の頭は人生最高速度で回転する。すると、ずっとずっと前に誰かが言っていた言葉が急に浮かんだ。

一応言っとくけど。最後にもう一個だけ教えてって言葉の後に続いて許されるんは『きみの名前を教えて』だけやからな。

あのとき。あの言葉を聞いたときの僕は、誰も彼もを機関銃で撃ち殺したい気分だった。こんなふうにこんなときにこんな気持ちで思い出すことになるなんて、まったく思いもしなかった。名前も知らない人の不意の一言で、僕の人生は突然に救われる。

そうだ。僕はまず、彼女の名前を知ることからはじめなければいけない。すべてはそれからだ。

「なあ」

　僕は彼女にもう一度声をかけた。

　僕は彼女のことをなにも知らない。でも彼女が笑ってくれたら嬉しい。

　もし僕と彼女の人生が今この一瞬しか交わらないとしても、僕はこの先、彼女を思い出すたびにその幸せを願うだろう。彼女に出会ったこの瞬間、僕の世界は広がり、僕はさっきより優しくなった。僕の不幸と他人の幸福は別の物語だ。そう思うことができさえすれば、嫉妬に狂うこともない。知らない世界の人々の幸福を願えるようになるまで、あと少しだ。

　彼女には恋人がいるかもしれない。あるいは夫か婚約者が。でもそれは仕方がない。出会う前のきみの人生に、僕は関与することはできない。

　でも明日は分からない。未来、きみの恋人は僕かもしれない。

　過去とともに生きる。そんなの当たり前だ。僕らは前へ進むけれど、その道は過去から続いているんだから。絶望も希望もぜんぶひっくるめて、僕たちは出会うのだ。

　彼女が、昨日までの僕をころした。

　そして今、新しい僕が生まれようとしている。僕は僕の誕生を、両手を挙げて歓迎したい。たとえその先に絶望が直結していたとしても。

「最後にもう一個だけ教えて」

僕の質問に、彼女はなんと答えるだろう。

息を吸い、息を吐く。

彼女は僕の前に立っていて、笑い顔と泣き顔のちょうど真ん中の表情で、次の言葉を待っている。

この作品は書き下ろしです。原稿枚数316枚（400字詰め）。

幻冬舎文庫

●最新刊

情人

花房観音

笑子が神戸で被災した日、母親は若い男・兵吾と寝ていた。東京で兵吾と再会した笑子は、夫婦関係や窮屈な現実から逃げるように情交を重ねるが。3・11——二人を「揺るがない現実」が襲う。

●最新刊

糸

林　民夫

高橋漣は、一目惚れした園田葵が虐待されていることを知るが、まだ中学生の彼には何もできなかった。互いを思いながらも離れ離れになってしまった二人が、再び巡り逢うまでを描いた愛の物語。

●最新刊

どこでもいいからどこかへ行きたい

pha

家が嫌になったら、突発的に旅に出る。カプセルホテル、サウナ、ネットカフェ、泊まる場所はどこでもいい。大事なのは、日常から距離をとること。ふらふらと移動することのススメ。

●最新刊

続・僕の姉ちゃん

益田ミリ

辛口のアラサーOL姉ちゃんが、新米サラリーマンの弟を相手に夜な夜な繰り広げる恋と人生について。本当に大切なことは、全部姉ちゃんが教えてくれる!?　人気コミックシリーズ第二弾。

●最新刊

ディア・ペイシェント

絆のカルテ

南　杏子

病院を「サービス業」と捉える佐々井記念病院で内科医を務める千晶は、日々、押し寄せる患者の診察に追われていた。そんな千晶の前に、執拗に嫌がらせを繰り返す患者・座間が現れ……。

一緒《いっしょ》に絶望《ぜつぼう》いたしましょうか

狗飼《いぬかい》恭子《きょうこ》

令和2年2月10日　初版発行

発行人――石原正康
編集人――高部真人
発行所――株式会社幻冬舎
〒151-0051東京都渋谷区千駄ヶ谷4-9-7
電話　03(5411)6222(営業)
　　　03(5411)6211(編集)
　　　振替00120-8-767643
印刷・製本―近代美術株式会社
装丁者――高橋雅之

幻冬舎文庫

ISBN978-4-344-42941-3　C0193　い-7-22

幻冬舎ホームページアドレス　https://www.gentosha.co.jp/
この本に関するご意見・ご感想をメールでお寄せいただく場合は、
comment@gentosha.co.jpまで。